두루미
구출 작전

한국 전쟁 역사동화집

두루미 구출 작전

이희분 · 정다운 · 이정란 · 정민영
박경희 · 이소향 · 양태은 · 정주아

구름바다

한국 전쟁 70주년이 되었다. 1950년 6월 25일, 동족상잔의 비극이 일어난 이 땅에 평화는 아직도 찾아오지 않았다. 파주는 남북 접경지대로 가장 먼저 전쟁의 피해를 입은 곳이다. 1953년 정전 협정을 맺은 이후에는 파주 곳곳에 미군 부대가 주둔하였다. 통일이 되기를 간절히 바랐지만 통일의 꿈은 멀기만 하다.

70년 전 전쟁의 소용돌이에 내몰렸던 아이들이 어느덧 자라서 80, 90대의 노인이 되었다. 그 시절 아이들이 겪은 전쟁의 참상은 어떠했을까? 할머니, 할아버지가 되어 돌아가셨거나 앞으로 살날이 얼마 남지 않은 어르신들의 어린 시절

이야기를 이제는 우리가 기억해야 한다. 이것이 한국 전쟁 역사동화집《두루미 구출 작전》을 출간하게 된 가장 큰 이유 이다.

한국 전쟁 역사동화집《두루미 구출 작전》은 전쟁에 휘말 렸던 우리 민족의 수난을 담았다. 또한 전쟁 이후 아이들이 어떻게 어려움을 극복했는지를 보여 준다. 특히 아이들이 소중히 여기는 생명 존중과 형제애, 우정, 가족 사랑 등을 작품에 담았다.

'한국 전쟁'이라는 무거운 소재였음에도 불구하고 동화에 담긴 마을 작가들의 열정과 애정이 고스란히 전달되었다. 또한 한 작품 한 작품이 파주의 한국 전쟁을 알리는 데 손색없는 작품이어서 가슴이 뛰었다.

정다운 작가의 〈헤이, 스페셜 보이〉는 전쟁 직후 파주 장파리를 배경으로 한 이야기다. 전쟁이 끝난 후, 고향으로 돌아가고 싶어도 갈 수 없고, 가족들과 만나고 싶어도 만날 수 없는 이들이 있었다. 바로 전쟁고아들이다. 전쟁고아인 스페셜과 동식 그리고 민간인을 죽인 죄책감에 시달리는 미군 병사빌리의 만남은 한 편의 슬픈 영화를 보는 듯했다.

이정란 작가의 〈하얀 손수건〉은 파주 장곡리 피란민 수용소의 삶과 해외 입양을 생생히 보여 주었다. 움막촌에서 할머니와 살고 있는 금영이가 동생 차영이와 도영이를 입양 보낼 수밖에 없는 아픈 현실에 가슴이 먹먹했다. 할머니가 주소 적힌 손수건을 아이들에게 건넬 때는 나도 모르게 눈물이 나왔다.

정민영 작가의 〈제니〉는 파주 연풍리를 배경으로 미군 병사와 미군 위안부 사이에 태어난 혼혈아 제니의 도도함이 도드라진 작품이다. 마치 제니를 눈앞에서 보는 듯, 당차고 야무진 제니 모습이 저절로 그려졌다. 엄마를 괴롭히는 프랭크를 골탕 먹이는 제니와 김훈의 활약에 저절로 입꼬리가 올라갔다.

박경희 작가의 〈바카껌〉은 지금은 판문점이 된 옛 널문리 마을에 군사 분계선이 생기기 전후의 이야기다. 한국 전쟁 이후 정전 협정이 진행되는 동안 동생들을 굶기지 않기 위해 수시로 분계선을 넘어 오던 상우와 협정이 체결된 이후 다시는 널문리에 오지 못하게 된 상우를 기다리며 글씨 연습을 하고 있을 유정의 모습이 묵직한 슬픔으로 다가온다. 유정과 상우는 끝내 다시 만나지 못하게 된 걸까?

이희분 작가의 〈두루미 구출 작전〉은 파괴와 죽음의 전쟁
터에서 두루미를 살리려는 북한군과 영국군, 남한 소년 강월
치를 통해 생명의 소중함을 느끼게 하는 따뜻한 동화였다.
파주의 칠중성과 1951년 4월에 있었던 설마리 전투의 배경
이 되는 곳을 생생하게 잘 그려 주었다.

　　이소향 작가의 〈달빛 박꽃〉은 고향을 떠나 파주 외할머니
댁에 맡겨진 호범과 사촌 동생 기오의 이야기를 통해 개인의
삶이 전쟁으로 얼마나 피폐해졌는지를 잘 보여 주는 이야기
다. 평양에서 왔다는 이유로 기오에게 공산당이라고 놀림을
받는 호범이 고향의 어머니를 그리워하는 장면은 놀랄 만큼
아름다운 서정으로 그려져 있다. 호범과 기오가 나란히 쪼그
려 앉아 따스한 감자를 나눠 먹는 모습에서는 저절로 마음이
따뜻해졌다.

　　양태은 작가의 〈구두닦이 두칠이〉는 한국 전쟁 직후 생계
를 위해 고향 파주를 떠나 청계천 판자촌에 살던 두칠이가
어느 날 갑자기 행방불명이 되면서 시작되는 이야기다. 미군
이 저지른 부당한 일들을 알리기 위해 기자가 되기로 결심한
두칠이와, 그런 두칠이의 행방을 찾아 나선 두식이의 이야기
가 추리 형식으로 펼쳐진다. 숨겨진 진실을 찾는 일에 이보

다 더 적절한 형식이 있을까 몹시 감탄하며 읽었다.

정주아 작가의 〈개판 오 분 전〉은 인천 상륙 작전에 가려 널리 알려지지 못한 '장사 상륙 작전'을 배경으로 한다. 담담하면서도 고백적인 문체가 마지막까지 눈을 뗄 수 없게 만들 만큼 매 장면마다 흡인력이 있었다. 인민군이 다니는 길목에 폭약을 설치하는 임무를 맡은 어린 학도병이 어머니께 쓴 편지는 주인을 찾지 못한 채 역사의 물결 속을 떠돌다 2020년이 되어서야 우리 앞에 도착했다. 읽는 내내 가슴이 아팠다.

내일 지구가 멸망한다 해도 누군가는 한 그루의 사과나무를 심듯이 바이러스와 장마로 위태로운 올 여름에도 마을 작가들은 저마다 한 세계를 창조하기를 포기하지 않았다. 대체 한 그루의 사과나무를 심는 마음이란 무엇일까? 아마도 그건 다음 세대에게 미래를 선물하고 싶은 마음이 아닐까. 아무리 멀리 있어도 끝내는 당신 앞에 희망이 당도하리라는 믿음 같은 것 말이다.

다양한 이야기들-장소와 사람과 각각의 사연들이- 파주의 한국 전쟁이라는 이야기 안에서 서로 교차하며 현재의 지도를 만들어 내었다. 이 동화집을 통해 우리는 역사가 어떻게 과거와 현재, 그리고 미래로 연결되는지 엿볼 수 있을 것이다.

이 동화집은 2019년에 일제 강점기 역사동화집 《날아라 고무신》을 썼던 마을 역사 동화 작가단 〈역동작〉의 두 번째 작품집이다. 올해에도 지난해와 마찬가지로 장경선(동화 작가), 최민경(소설가), 박인애(시인) 세 작가가 모여 마을 커뮤니티 공간 '마당'에서 삼 개월 동안 동화를 지도하였다. 놀라운 성장을 볼 수 있어서 매우 흡족했다.

이번에는 한국 전쟁의 격전지와 미군 부대 기지촌, 민간인 학살터 등을 답사하고 동화를 썼다. 답사를 다니며 마을 작가들이 동화의 소재와 배경을 구체적으로 떠올릴 수 있었다. 동화를 읽은 아이들이 삽화를 그렸다. 안승희 선생님과 이승철 선생님이 아이들의 삽화를 지도하고 일러스트 작업을 맡았다. 교정을 담당한 정다운 선생님과 북 디자이너 여현미 선생님 덕분에 두 번째 역사동화집도 아름다운 작품집으로 거듭날 수 있었다.

파주 교하에서 마을살이를 하는 사람들과 어우러져 파주의 한국 전쟁 유적지와 관련된 장소들을 답사하고 발굴하며 《두루미 구출 작전》을 출간하였다. 우리가 기억해야 할 지역의 역사를 모든 사람들에게 널리 알릴 수 있도록 역사동화집 작업을 한 시간들에 보람을 느낀다. 이 작업을 통해 마을의 평범한 부모와 아이들의 마음이 과거의 한 시절과 만나 대화하는 시간을 가질 수 있었다.

마지막으로 한국 전쟁 70주년을 맞이하는 해에 이 책이 출간될 수 있도록 지원해 준 〈경기문화재단〉에 고마움을 전한다.

2020년 10월 31일

파주에서

문발 작가 협동조합

차 례

헤이,
스페셜 보이

정다운

책을 읽고, 글을 쓰고, 말하는 것을 좋아합니다.
진심을 다해 좋아하는 것을 하고 있어요.

헤이, 스페셜 보이

글 **정다운** | 그림 **최유진, 최희진**

한낮의 해가 차츰 서쪽으로 기울어졌다. 시간이 흐를수록 미군 부대를 지척에 둔 장마루[1] 신작로 사거리는 점점 활기를 띠기 시작했다. 막사[2]에서 필요한 물건을 잔뜩 실은 달구지와 음료수를 파는 수레가 서로 좋은 자리를 차지하기 위해 분주히 바퀴를 굴렸다. 달구지나 수레보다 형편이 나은 점방은 영어로는 크게, 한글로는 작게 상호를 쓴 널빤지를 내걸고 미군을 기다렸다. 여관이나 다방 주인들은 미닫이 격자

---

1) **장마루** 파주시 파평면 장파리의 옛 이름.
2) **막사** 군인들이 주둔할 수 있게 만든 건물 또는 임시 건물.

유리문을 활짝 열어 두고 고개를 쭉 내밀어 임진강 쪽으로 난 리비교[3] 건너편을 바라보았다.

오후 네 시를 넘어서자, 리비교 건너편 산등성이에서 뿌연 흙먼지가 일며 미군을 실은 트럭과 버스들이 줄줄이 모습을 드러냈다. 트럭과 버스가 임진강을 건너면 다리 끝에 위치한 검문소에서 그들을 통과시켜 주었다. 신작로로 미군이 쏟아져 나왔다.

"스페셜 사비스, 스페셜 사비스!"

외출을 나온 미군들 사이를 오가며 '스페셜 서비스'를 외치는 한 아이가 있었다. 마을 토박이는 물론이고 타지에서 몰려온 사람들 사이에서도 낯선, 이름 없는 전쟁고아였다. 아이는 무명 셔츠를 걸치고 빛바랜 군복 바지 밑단을 둘둘 말아 입고서 내려가는 허리춤은 헤진 벨트로 동여맨 우스꽝스러운 모습이었다. 신발은 발등이 찢어진 낡은 군화였는데, 걸을 때마다 한쪽 발가락 두어 개가 튀어나왔다가 들어갔다. 제대로 먹지 못해 깡마르고 왜소한 체구에 매무새가 형편없

---

3) **리비교** 1953년 파주시 파평면 장파리 일대 임진강에 준공된 다리.

이 초라했지만, 아이의 눈만은 밤하늘의 별처럼 초롱초롱해서 신작로를 오가는 어떤 아이보다도 밝게 빛났다.

마을 사람들은 아이가 어쩌다가 부모와 헤어졌는지, 어디서 어떻게 목숨을 부지하며 이 마을로 오게 되었는지 관심이 없었다. 장마루에는 손가락과 발가락을 모두 꼽아도 모자랄 정도로 전쟁 통에 부모와 헤어진 떠돌이 전쟁고아들이 많았기 때문이다. 쉰밥에 모여드는 파리 떼처럼 끼닛거리나 벌이가 생기는 곳에는 어김없이 고아들이 몰려들었다. 게다가 그 숫자도 점점 늘어나서 마을 사람들은 미군 호주머니 속의 자기 몫을 빼앗기는 것 같아 신경을 곤두세웠다. 하지만 이제 곧 전쟁고아들을 모아 유엔군[4]이 관리하는 시설로 보낸다는 소문이 돌자, 사람들은 박씨 물고 온 제비를 보듯 반가운 눈치였다.

사거리 중앙에서 조금 벗어난 골목에서 미군 사이를 바삐 오가는 아이를 쏘아보고 있는 사람이 있었다. 고아 무리들

---

4) **유엔군** 국제 연합 회원국들의 군 병력으로 편성한 군대. 1950년 한국 전쟁 때 처음으로 출병하였다.

중에 주먹을 꽤 쓴다는 동식이였다. 동식이는 아이가 마음에 들지 않았다. 땟국이 흐르는 얼굴에 대체 어디서 배웠는지 '스페샬'이라든지 '사비스'라는 말을 외치고 다니는 통에 대번에 미군들의 관심을 끌었기 때문이다. 또 잔심부름이나 허드렛일을 얼마나 악착같이 해내는지, 얼마 지나지 않아 아이는 미군들에게 '스페셜'이라고 불렸다. 그 후론 점점 더 많은 심부름과 벌이가 스페셜의 차지가 되었다. 동식이는 입맛이 쓴 듯 흙바닥에 침을 퉤하고 뱉으며 자리를 떠났다.

"야! 너 거기 서."

그날 밤, 어둑어둑한 골목 사이를 날다람쥐처럼 누비던 스페셜을 막아 세운 건 동식이 무리였다. 동식이 무리는 스페셜이 심부름하러 다니는 길을 눈여겨보았다가 길모퉁이에서 스페셜을 기다렸다. 동식이가 한쪽 팔을 들어서 스페셜을 가로막았다.

"이 길을 지나가려면 우리에게 통행세를 내야 해."

동식이 무리가 스페셜을 에워싸며 다가왔지만, 스페셜은 조금도 기죽지 않고 말했다.

"이런 길에 통행세가 어디 있어?"

"네가 요즘 우리 일을 가로채서 우리가 모두 굶게 생겼거든. 그런데 통행세도 못 내겠다?”

동식이가 말을 마치기 무섭게 아이들은 스페셜에게 달려들었다. 주먹에 맞은 스페셜의 얼굴이 금세 통통 부어올랐다. 스페셜의 앙다문 입 사이로 피가 흘러내렸지만, 아이들은 아랑곳하지 않았다.

그때, 골목 끝에서 미군 한 명이 뛰어오며 다급하게 외쳤다.

“스톱!”

골목 안에서 한 아이가 여러 아이에게 주먹세례를 당하고 있는 모습을 보자 안타까운 마음에 뛰어든 미군은 빌리였다. 빌리가 다가오자 아이들은 서둘러 뿔뿔이 흩어졌지만, 마지막까지 스페셜을 누르고 있던 동식이는 미처 도망을 갈 수 없었다. 재빨리 부서진 담장 밑으로 몸을 숨겼다. 빌리는 골목길 흙바닥에 피를 흘리며 쓰러져 있는 아이가 스페셜이라는 것을 알아차렸다.

“헤이, 스페셜 보이! 아 유 오케이?”

스페셜은 몸을 반쯤 일으켰다가 다시 푹하고 쓰러졌다. 빌리는 누군가를 찾듯 고개를 들어 주위를 보았다. 순간 잔뜩 웅크리고 숨어있던 동식이와 빌리의 눈이 마주쳤다. 동식이는 온몸이 얼어붙는 듯한 느낌이었지만, 빌리는 동식이를 못 본 체하며 스페셜을 둘러업고 서둘러 골목을 벗어났다.

안도하며 한숨을 내쉬던 동식이는 스페셜이 쓰러져 있던 흙바닥에서 사진 한 장을 발견했다. 한 가족이 환하게 웃고 있는 흑백 사진이었다. 동식이는 얼른 사진을 가슴팍 호주머니에 넣고 재빨리 골목을 빠져나갔다.

빌리는 사거리 고물상 주인에게 스페셜의 간호를 부탁했다. 다음 외출에 미제[5] 깡통 두어 개를 가져다주겠다는 약속을 덧붙였다.

빌리는 동식이 무리에게 얻어맞으면서도 주먹을 꽉 쥔 채 입술을 앙다물고 있었던 스페셜이 마음에 들었다. 지저분하고 초라하지만, 눈이 반짝거리며 빛나는 동양의 꼬마 아이. 그 움켜쥔 주먹으로 전쟁의 포화[6] 속에서 살아남았을 거라고 생각하니 스페셜이 기특하고 대견해졌다.

그 일로 빌리와 스페셜은 제법 친밀한 사이가 되었다. 빌

---

5) **미제** 미국에서 만듦. 또는 그런 물건.
6) **포화** 총포를 쏠 때에 일어나는 불.

리는 막사에서 캐러멜이나 크래커 같은 것들을 남겨두었다가 외출을 나갈 때 스페셜에게 가져다주었다. 그러면 스페셜은 고맙다는 인사말과 함께 빌리의 고장 난 라디오를 감쪽같이 고쳐다 주거나 필요한 물건을 구해 왔다. 다른 미군 병사들을 제쳐 둔 오직 빌리를 위한 스페셜 서비스였다.

스페셜에게 해코지를 하던 날 밤, 동식이는 다른 아이들이 모두 잠들자 조용히 일어나 움막을 나왔다. 다행히 달빛이 밝지 않은 밤이었다. 민통선[7]을 경계로 리비교 입구의 검문소에서 보초를 서는 병사들에게 들키지 않게 자세를 낮추고 조심조심 강둑을 따라 걸었다. 강바람이 불자 황폐한 논과 밭에 그림자 같은 흙먼지가 일었다.

동식이는 어둠 속에서 주위를 둘러보며 다리를 강 쪽으로 두고 작은 나무 기둥에 기대어 앉았다. 철조망에 가려져 있었지만 임진강 건너편이 눈에 들어왔다. 동식이는 말없이 강 건너편을 계속 바라보았다. 미군들이 쉴 새 없이 오가는 저 길을 이제 동식이는 갈 수 없었다. 오직 미군만이 오갈 수 있

---

7) **민통선** 민간인의 출입이 통제되는 선.

는 길이었다. 검문소를 지나, 리비교를 건너, 저 산등성이 너머에는 동식이의 고향이 있었다. 동식이의 눈가가 금세 촉촉해졌다.

콰쾅.

삼팔선을 사이에 두고 북한군과 국군이 크고 작은 교전을 벌였지만 동식이네는 집을 지키며 묵묵히 농사를 지었다. 하지만 이번에는 정말로 큰 전쟁이 났다고 했다. 삼팔선을 넘어 남쪽으로 끊임없이 진격하던 북한군이 몇 개월 후 다시 삼팔선으로 후퇴를 했다. 동식이네도 더 이상 버틸 수가 없었다. 마을에서 가까운 거리에 고랑포구[8]가 있었다. 그곳으로 가서 운이 좋으면 배를 얻어 타고 남쪽으로 내려갈 수 있을 터였다.

수레와 지게에 잔뜩 실은 짐 때문에 걸음이 늦춰질 것을 걱정한 아버지는 어머니와 상의해 이고 질 수 있는 짐만 챙겨 집을 나섰다. 커다란 피란 짐을 지고 앞서 걷는 아버지 뒤로 그보다 작은 짐을 든 동식이가 따랐다. 어머니는 북새통

---

8) **고랑포구** 경기도 연천군 장남면에 있는 옛 포구.

에 동생을 놓칠세라 한 손으로는 머리에 인 짐을 잡고 한 손으로는 동생의 손목을 꽉 쥐었다.

고랑포까지의 길은 참혹했다. 포탄이 떨어진 곳은 군데군데 커다란 웅덩이가 되었다. 웅덩이마다 기름 냄새와 화약 냄새가 진동했다. 부서진 북한군 장갑차가 논두렁에 뒹굴고 있었고, 몸을 숨길 수 있는 둔덕마다 전투에서 목숨을 잃은 병사의 시체가 나뒹굴었다. 북에서 남으로 향하는 피란민들은 그 사이로 숨을 죽이며 걸어갔다. 때로는 코를 싸매고 때로는 눈을 질끈 감았다. 동식이에겐 모든 게 믿을 수 없이 무섭고 낯선 풍경이었다.

곧 고개 하나만 넘으면 고랑포였다. 수레를 끄는 사람들과 지게를 진 사람들은 고개를 넘기 전에 길에서 숨을 골랐다. 나머지 피란민들은 걸음을 재촉했다.

타다다다당!

한바탕 기관총 소리가 요란하게 울리자, 고개를 넘던 피란민들이 우르르 쓰러졌다. 머리와 가슴에 파고든 총알은 순식간에 피란민들의 목숨을 앗아갔다. 풀썩하고 쓰러지는 사람들 위로 흙먼지가 일었다. 동식이는 고갯길에 쓰러진 채로 한 걸음 앞서 가던 아버지의 고무신 바닥을 힘없이 바라보았다. 뒤를 돌아보니 미처 눈을 감지 못한 어머니에게 손목을 잡힌 채로 길가에 나동그라진 동생이 보였다.

또다시 기관총 소리가 하늘을 울렸다. 미처 피하지 못한 피란민들이 총을 맞고 이미 쓰러져 있던 피란민들 위로 포개지듯 쓰러지는 통에 동식이는 곧 정신을 잃었다. 정신을 차린 동식이가 동생을 찾았을 땐, 살아남은 피란민들이 모두 뿔뿔이 흩어지고 난 뒤였다.

동식이는 주먹으로 촉촉해진 눈가를 훔쳤다. 피란길에서 겪은 일을 떠올릴 때마다 꾹꾹 참아도 어느새 눈물이 났다. 사라진 고향, 잃어버린 가족들이 떠오를 때마다 여기 강둑에 앉아 마음을 달랬다.

동식이도 곧 미군 부대가 자기와 같은 전쟁고아들을 모아 고아원으로 보낼 것이라는 소문을 들었다. 고아원에 간다면 지금처럼 동냥을 하거나 길거리 쓰레기를 뒤지는 힘든 생활에서 벗어날 수 있었다. 하지만 무엇보다도 고아원에 가면 피란길에서 잃어버린 동생을 만날 수 있을 것 같았다. 아니, 동생이 살아있는지, 살아있다면 어디서 무얼 하고 있는지 소식이라도 들을 수 있을 것 같았다.

동식이는 문득 호주머니에 손을 넣어 사진 한 장을 꺼냈다. 스페셜이 쓰러져 있던 자리에 떨어져 있던 그 흑백 사진이었다. 스페셜의 가족인 듯한 하얀 마고자를 입은 아버지와 무명 저고리를 입은 어머니. 그 사이에서 환하게 웃고 있는 두 명의 남자아이가 보였다. 스페셜의 반짝이는 눈은 가족을 닮은 듯했다. 동식이는 한참 동안 사진을 뚫어지게 들여다보았다.

피란길에 가까스로 살아남은 동식이에게는 사진은커녕 아무것도 남은 것이 없었다. 전쟁이 끝난 후 시간이 흐를수록 점차 가족들의 얼굴이 기억나지 않았다. 문득 사진을 잃어버린 스페셜도 시간이 지나면 점차 가족의 얼굴을 잊어버리게 될 거라는 생각이 들었다. 그건 동식이가 직접 겪어본 가슴 아픈 일이었다.

'사진을 돌려줘야겠어.'

동식이는 천천히 몸을 일으켜 움막으로 다시 돌아갔다.

유월 중순이 지나고 장마가 시작되었다. 동식이는 쏟아지는 장맛비를 맞으며 사거리 이리저리 찾아다녔지만 스페셜을 만날 수 없었다. 흙먼지 날리던 신작로가 온통 진흙탕이 되어 달구지와 수레바퀴들이 빠져 한바탕 난리를 치른 뒤로, 신작로 사거리는 사람들의 왕래조차 줄어들었다. 리비교 교각에 수위를 알리는 눈금이 아래에서부터 차츰차츰 물에 잠겼다. 지루하게 긴 장맛비였다.

보름이 넘게 내린 비에 마을에서 멀지 않은 민둥산 흙들이 마을 주변으로 흘러내렸다. 마을 사람들은 미군들이 곧 마을로 다시 외출을 나올 것을 대비해 흙더미들을 치우느라 분주했다. 동식이도 무리와 함께 마을 어귀에서 흙더미를 날랐다.

"이 흙들이 모조리 다 하얀 쌀밥이었으면 좋겠다."

"나는 다 떡이었으면 좋겠는데."

"야, 이런 밥이랑 떡이 세상에 어디 있냐?"

"치, 하도 비가 내려서 내내 굶었더니, 다 먹을 걸로 보인다. 왜?"

"맞아, 맞아. 하하하."

수레에 수북이 쌓인 흙더미를 보고 아이들이 밥 타령, 떡 타령을 하며 한바탕 웃었다. 하지만 동식이는 웃음이 나지 않았다. 쉬지 않고 흙더미를 나르며 사람들 틈에서 스페셜을 찾았지만, 해가 저물도록 스페셜의 모습을 끝내 볼 수 없었다.

'스페셜에게 무슨 일이 생긴 걸까? 빌리에게 물어볼까? 아니야, 내게 말해줄 리가 없어.'

동식이는 스페셜이 보이지 않는 것이 자기 탓인 것만 같아서 마음이 무거워졌다.

빌리는 장마로 외출을 나가지 못하는 동안, 부대 안에서 새로 맡게 될 임무를 준비하고 있었다. 떠돌이 전쟁고아들을 모아 고아원이나 보육 시설로 이송하는 임무를 맡게 된 것이다. 구체적인 계획이 나왔을 때, 빌리는 제일 먼저 스페셜을 떠올렸다. 스페셜이 부모나 형제도 없이 떠돌아다니는 모습을 떠올리니 마음이 아팠다. 이번 임무를 끝으로 제대하게 될 빌리는 고국에 돌아가기 전 마지막으로 스페셜을 돕고 싶었다. 그것이 몇 년 전 자신이 이 땅에서 저지른 일에 조금이나마 용서를 구하는 일이 되었으면 하고 바랐다.

몇 년 전, 들어본 적도 없는 동양의 작은 나라에서 전쟁이 발발하자 빌리는 군대에 징집되어 고국을 떠나왔다. 갓 스무 살을 넘긴 빌리가 전투에 투입되어 처음 맡은 임무는 정찰병이었다. 끊임없이 포성이 이어지고 교전이 발발하는 군사 분

계선이지만, 이곳을 정찰하는 빌리의 눈에 임진강의 푸른 물줄기는 무척이나 아름다웠다.

임진강 부근의 삼팔선 마을은 농민으로 위장한 북한군이 정찰을 위해 넘나드는 위험한 곳이었다. 그래서 빌리와 부대원들은 정찰을 나설 때도 늘 긴장을 해야 했다. 그날은 고랑포구 북쪽 구릉을 넘어오는 피란민들 사이에 피란민으로 위장한 북한군이 있다는 첩보를 들은 터라 고랑포 근처의 미군 경비 진지 안에는 고요한 적막이 맴돌았다. 이윽고 고랑포로 넘어오는 고갯길에 피란민들이 모습을 나타내자 '발사'라고 외치는 소리에 일제히 기관총을 들어 사격을 개시했다.

사격을 멈추고 한참 동안 피란민들의 움직임을 살피던 빌리와 부대원들은 곧 무장을 한 채 피란민들이 쓰러져 있는 고갯길로 점차 다가갔다. 혹시라도 목숨이 붙어 있는 북한군이 있으면 자신들이 위험해질 터였다. 잔뜩 긴장한 채로 방어하며 쓰러진 피란민들 쪽으로 다가가던 빌리는 고갯길에 다다르자, 자기도 모르게 총구를 내려놓고야 말았다. 겹겹이 포개어 쓰러진 피란민 시체 더미 아래로 작은 고무신들이 여기저기 벗겨져 있었다. 영문도 모르는 채 목 놓아 울며 시체 더미에서 부모를 찾는 아이들의 신발이었다. 그곳에 위장한 북한군은 없었다. 오직 전쟁을 피해 피란을 가던 사람들만이 말없이 쓰러져 있을 뿐이었다.

며칠 뒤, 땅이 단단하게 굳자 군수 물자를 나르는 수송 트럭들이 짐칸이 비워진 채로 리비교를 지나왔다. 장마가 지기 전부터 이미 소문을 듣고 이날을 기다려온 아이들이 트럭으로 하나둘씩 모여들었다. 빌리는 모여드는 아이들 틈에서 스페셜을 찾았지만 보이지 않았다. 시간이 별로 없었다. 빌리는 마음이 초조해졌다.

그때 멀리서 동식이가 뛰어오는 것이 보였다. 동식이는 아침부터 스페셜을 찾아다니고 있었다. 빌리는 동식이에게 곧 트럭이 마을을 떠날 텐데 스페셜이 보이지 않는다고 말했다.

"빌리, 내가 꼭 스페셜을 찾아올게요. 우릴 두고 가면 안 돼요."

동식이는 서둘러 스페셜을 찾아 나섰다.

동식이가 스페셜을 발견한 곳은 마을 북쪽 강둑에서 임진 강으로 이어진 옛 나루터였다. 그곳은 전쟁이 끝나고 난 뒤 철조망으로 가로막혀 들어갈 수 없는 곳이었다. 하지만 이번 장맛비에 철조망 밑으로 군데군데 생겨난 웅덩이는 작은 체구의 스페셜이 지나가기엔 충분한 크기였다. 동식이는 리비교 검문소에서 내려다보는 병사에게 들킬 것이 겁이 나, 큰 소리로 스페셜을 부르지 못했다. 나루터로 내려가는 길은 고운 진흙이 이겨져 미끄러웠다. 동식이는 살금살금 철조망으로 다가가 들릴 듯 말 듯 한 목소리로 스페셜을 불렀다.

"너 거기서 뭐해?"

흐르는 강물 소리에 스페셜은 동식이가 부르는 소리를 듣지 못했다. 스페셜은 강을 건너려는 듯 물가를 서성이고 있었다. 동식이는 스페셜이 자기를 부르는 소리를 듣지 못하자 애가 탔다. 고개를 숙여 비탈길 진흙더미에서 작은 돌을 하나 주어 철조망 너머 스페셜에게 던졌다. 돌이 떨어지는 기척에 스페셜은 고개를 돌려 동식이를 보았다. 평소와는 다른 어두운 눈빛이었다. 동식이는 재빨리 호주머니에서 사진을 꺼내 머리 위로 흔들었다.

"너를 찾아다녔어. 돌려줄 것이 있어서."

"잃어버린 줄 알았는데."

"그날 골목에서 주웠어. 버리려고 했는데 그럴 수가 없었어."

스페셜은 말없이 동식이의 머리 위로 흔들리는 사진을 바

라보았다.

"어서 가자. 빌리가 널 기다리고 있어. 우리를 고아원으로 데려간대."

"강 건너에 우리 집이 있어. 난 강을 건너 집으로 돌아갈 거야."

"장마에 강물이 불어나서 이대로 강에 뛰어들면 죽어."

"고아원에 가면 집으로 돌아갈 수 없어. 그래서 며칠 동안 이곳에 숨어 있었어."

순간, 동식이가 머리 위로 흔들던 사진이 손가락 사이에서 빠져나가 바람을 타고 철조망을 넘었다. 스페셜이 물살 위로 떨어지려는 사진을 잡으려 몸을 막 돌렸을 때였다.

철컥.

스페셜의 발밑에서 쇠붙이 부딪히는 소리가 들렸다. 동식이와 스페셜은 동시에 몸이 얼어붙었다. 왼발이 살짝 미끄러져 난 자국의 끝에 스페셜의 발이 멈춰 있었다. 장마가 지나간 강가 진흙 속에는 전쟁이 끝나기 전 미군이 헬기로 살포한 지뢰가 곳곳에 숨어 있었다.

"어쩌지. 지뢰를 밟았나 봐."

"스페셜, 움직이지 마! 조금만 기다려. 내가 빌리를 불러

올게!”

“나는 괜찮아. 기다릴 수 있어. 나 살고 싶거든.”

“살 수 있어. 아니 살아야 해. 살아남아야 집에도 가고 가족도 만날 수 있어. 그러니까 조금만 기다려.”

스페셜은 지뢰가 터질지도 모르는 두려운 마음에도 있는 힘을 다해 동식이를 향해 웃어 보였다. 동식이는 나루터로 난 비탈길을 뒤돌아 뛰어올랐다. 물을 머금은 강둑의 진흙더미들이 자꾸만 흘러내렸다. 동식이는 강둑 위로 올라와 신작로 사거리로 내달렸다. 몇 번이고 넘어졌다 일어났지만 멈출 수가 없었다.

빌리는 이제 얼마 남지 않은 전쟁고아들을 트럭에 태우고 있었다.

“빌리! 도와줘요. 스페셜이 지뢰를 밟았어요!”

동식이가 울부짖으며 외쳤다. 빌리는 동식이와 함께 곧장 사거리를 가로질러 임진강 쪽으로 달려갔다. 달려가는 동안 마음속으로 스페셜이 무사하기를 빌고 또 빌었다. 동식이와 함께 나루터 강둑에 다다른 빌리는 두려움에 떨며 동식이와 빌리를 기다리고 있는 스페셜을 향해 외쳤다.

“헤이, 스페셜 보이! 아 유 오케이?”

멀리서 다가오는 동식이와 빌리의 모습이 밤하늘의 별처럼 반짝이며 스페셜의 눈동자에 스며들었다.

하얀 손수건

이정란

한 걸음 한 걸음 내딛는 이 작업이 저에게는 오랜 꿈이었습니다.
영영 사라진 줄로만 알았는데, 그 자리에 그대로 남아 있었습니다.

하얀 손수건

글 **이정란** | 그림 **김아인, 박하윤**

꾸우꾸 꾸꾸, 꾸우꾸 꾸꾸.

멧비둘기 소리가 빈 하늘을 울렸다.

"언니, 멧비둘기는 어디서 살아?"

"산에 살지. 그러니 멧비둘기지."

"쳇, 산이 어디 있어? 전쟁 통에 다 깎이고 허물어졌는데."

"그래도 다 살아. 우리도 이렇게 살잖아."

"바보 같아. 날개는 뒀다 뭐해? 훨훨 날아가서 좋은 곳에 가 살지."

그때였다. 요란한 소리를 내며 트럭 한 대가 다가오고 있었다. 미군 트럭이었다. 그 뒤로 흙먼지에 갇힌 아이들 무리가 트럭에서 떨어지는 초콜릿 몇 개를 손에 넣기 위해 온 힘을 다해 달려오고 있었다. 나는 얼른 차영이의 치맛자락을 잡아당겼다.

"차영아! 안 돼!"

"알았어. 안 따라가! 안 받는다고!"

트럭은 쏜살같이 우리 앞을 지나쳐갔다. 한 무더기의 아이들이 왁자지껄하며 트럭 뒤를 따랐다. 차영이는 입을 씰룩거리며 그 모습을 바라보았다.

"너 저 트럭 쫓아갈 생각 꿈에도 하지 마. 할머니가 아시면 야단이실 거야."

"흥! 굶어 죽으나 트럭에 깔려 죽으나 무슨 차이람?"

차영이는 깽깽이풀이 가득 담긴 소쿠리를 내 손에서 낚아채더니 씩씩대며 잰걸음으로 앞서갔다. 나는 숨을 크게 한번 내쉬었다. 한 달 전 도영이가 미군 트럭에 깔릴 뻔한 일이 있었다. 지금도 그때를 떠올리면 아찔하다.

집에 돌아와 보니 할머니가 도영이에게 깨끗한 새 옷을 입히고 있었다. 덥수룩했던 머리도 단정히 자르고 세수까지 말끔히 한 모양이었다.

"우와! 우리 도영이 새 옷 입으니 양반집 도령 같다. 이 옷은 어디서 났어요?"

"새 옷이 한 벌 필요해서 바느질삯으로 장만했다."

"도영이 새 옷 입고 어디 가요?"

할머니는 아무 말 없이 반짇고리에서 바늘을 꺼냈다.

"내 옷은 없어요? 쳇, 할머니랑 언니는 맨날 도영이, 도영이. 도영이밖에 몰라요?"

"요란 떨지 말고 여기 와서 바늘귀나 꿰어 다오."

"싫어요. 제가 왜요? 도영이한테 다 해 달라고 하세요."

"네 것은 다음에 꼭 사다 줄 테니⋯⋯."

차영이는 할머니 말을 다 듣기도 전에 문을 박차고 마당으로 나가버렸다. 나는 골이 잔뜩 나 있는 차영이를 달래려 쫓아 나갔다. 차영이는 씩씩대며 방금 산 밑에서 따온 깽깽이풀이 담긴 소쿠리를 발로 걷어차 버렸다.

"이딴 거 백날 뜯어 오면 뭐 해? 귀머거리 녀석 때문에 나는 만날 뒷전인데. 이제 밤에 할머니가 다리 아파서 끙끙 앓아도 주물러주지 않을 거라고!"

"너 뭐 하는 거야? 네가 할머니 달여 드린다고 뜯어 온 거잖아?"

차영이는 여전히 분이 풀리지 않는지 씩씩대며 땅바닥을
노려본다. 나는 땅바닥에 헤쳐진 깽깽이풀을 소쿠리에 담았
다. 어디서 들었는지 깽깽이풀의 뿌리가 다리 아픈 할머니에
게 약이 된다면서 저 산 아래까지 가서 캐 온 것이었다.

"여기가 도영이 집이니?"

말끔하게 차려입은 아저씨와 금발 머리의 미국 아주머니
가 우리 집을 기웃거리다 나와 눈이 마주쳤다.

"도영이요? 도영이는 제 동생이에요."

밖에서 나는 소리를 듣고 할머니가 방문을 열고 나왔다.

"뉘신지."

"홀트 양자회[9]에서 왔습니다. 보름 전에 찾아오셔서 신청
하셨죠?"

"아, 잠시만 기다리시우."

할머니는 방으로 들어갔다. 차영이는 호기심 가득한 눈으
로 우리 집을 찾아온 낯선 아저씨에게 질문을 쏟아냈다.

---

9) **홀트 양자회** 1955년 미국인 홀트 부부(Harry Holt & Bertha Holt)가 한국 전쟁으로 발생한
고아 8명을 입양한 것이 계기가 되어 설립된 사회 복지 기관. 오늘날의 홀트 아동 복지회이다.

"아저씨, 우리 할머니하고 아는 사이예요? 저 아줌마는 누구예요? 군인은 아닌 것 같은데. 간호사도 아니죠? 우리 아빠 찾아주러 오신 거예요?"

"궁금한 것이 많구나. 이분은 홀트 양자회를 세우신 홀트 여사님이셔. 홀트 양자회는……."

"헬로! 하이! 기브 미 초코레트[10]. 기브 미. 땡큐, 땡큐!"

차영이는 아저씨의 말을 다 듣지도 않고 아주머니 코앞까지 바짝 다가가서 알고 있는 미국말을 전부 해 댔다. 아저씨와 미국 아주머니는 동시에 웃었다.

"넌 어디서 그런 말을 배웠니?"

"헤헤. 미국 말이요? 미군 트럭 지나갈 때 이렇게 말하면 사탕이랑 초코레트 막 던져 줘요. 미군 트럭에서 던져 준 초코레트는 세상에서 제일 맛나요. 그런데 이제는 못 받아요. 도영이가 트럭에 치여 죽을 뻔해서 할머니가 트럭 근처에도 못 가게 했거든요. 이게 다 귀머거리 도영이 때문이에요."

나는 손바닥으로 차영이 입을 막았다. 차영이는 낯선 사람들 앞에서도 거리낌이라고는 전혀 없었다. 이윽고 할머니가

---

10) **초코레트** 초콜릿.

도영이 손을 잡고 나왔다.

"이 아이가 문도영이구먼요."

"예, 아주 잘 생겼네요."

도영이는 한 손으로 할머니 허리춤을 꼭 붙잡고 있었다. 낯선 사람들이 자신의 모습을 유심히 훑어보는 것이 무서운 모양이었다.

아저씨는 가방에서 까만 공책을 꺼내더니 무언가를 적었다.

"도영이 아버지는 전사하셨고, 남은 가족은 누나들과 할머니. 그럼 어머니는 어떻게 됐나요?"

"휴, 피란 내려오다 그만……. 이게 다 이 늙은이 때문이라오. 내가 죽고 애들 어미가 살았어야 했는데."

"아이고, 할머니! 그런 말 마세요. 할머니라도 살아 계셨으니 아이들도 무사한 거 아닙니까? 도영이 사진을 한 장 찍겠습니다."

도영이는 아저씨가 건넨 꼬부랑글씨와 숫자가 적힌 종이를 들고 어색하게 서 있었다. 아저씨는 목에 건 커다란 군번 줄 같은 것을 눈에 가져다 댔다.

"자, 찍습니다. 하나, 둘, 셋."

찰칵.

"으악!"

나와 차영이는 동시에 소리를 지르고 두 손으로 머리를 감쌌다. 아저씨는 우리를 보더니 껄껄 웃어 보였다.

"이건 총이 아니야. 사진 찍을 때 쓰는 사진기란다. 총알을 쏜 게 아니라고."

나와 차영이는 손을 내리고 주위를 두리번거렸다. 아저씨 뒤에 서 있던 미국 아주머니가 고개를 끄덕이며 웃고 있었다.

"그럼 언제 비행기를 타게 된답니까?"

"이틀 후에 미국으로 가는 비행기예요. 그날 아침 열 시에 차를 가지고 여기로 데리러 오겠습니다. 가면 좋은 양부모 밑에서 아픈 귀를 치료 받고 학교도 다니게 됩니다. 또 나중에 크면 언제든지 가족들 곁으로 돌아올 수도 있고요."

"돌아올 수 있는 거 참말이지요? 나중에 크면 찾아올 수 있게 해 준다는 거지요?"

"그럼요. 걱정하지 마시고 도영이 준비 잘 시켜 주세요."

할머니는 고개를 끄덕이며 도영이를 바라보았다.

홀트 양자회, 미국, 양부모. 나는 머릿속이 어지러웠다. 바로 그때였다.

"아저씨, 저는요? 저도 미국으로 갈래요. 저도 꼭 가야 해요. 개울가 옆 움막에 살던 깜순이 순임이도 한 달 전에 미국으로 갔어요. 입양 가는 거잖아요. 그렇죠?"

"……."

"저는 문차영이고요. 학교는 안 다니지만, 한글도 읽고 더하기랑 빼기도 할 줄 알아요. 아까 보셨잖아요. 저 영어도 잘해요. 전 미국으로 가서 꼭 의사가 돼야 해요. 저도 갈 수 있게 해 주세요. 제발이요."

"아주 똑똑한 녀석 같구나. 넌 나중에 기회가 되면 그때 가도록 하자."

"아아아앙."

차영이는 그대로 땅바닥에 주저앉아 고래고래 소리를 지르며 울기 시작했다.

"나도 가고 싶어. 나도 보내 줘. 왜 맨날 도영이만이야? 나도 미국으로 갈 거야. 비행기 꼬리라도 붙잡고 갈 거라고."

할머니는 차영이를 방으로 들여보냈다. 방에 들어와서도 차영이의 울음은 그치지 않았다.

한참 후에 할머니가 방으로 들어왔다.

"할머니, 도영이가 미국으로 입양 가요?"

"……."

"왜요? 도영이 없이 우리가 어떻게 살아요?"

할머니는 아무 말도 하지 않고 봉일천에서 받아온 옷감을 들고 바느질을 계속하였다. 나는 방문 옆에서 공깃돌을 가지고 노는 도영이 팔을 잡아끌어 내 앞에 앉혔다.

"도영아, 누나가 너 절대로 미국으로 안 보내. 우리는 죽어도 같이 죽고 살아도 같이 살아. 알았지?"

"으아아아, 아으으으."

"그래, 도영아, 우리 절대로 헤어지지 말자."

나는 도영이를 꼭 끌어안았다.

옥수숫가루 한 줌을 넣고 죽을 끓여 저녁을 때우고 다시 배가 고파지기 전에 아이들을 재우려고 누웠다. 차영이는 뭐라도 배불리 먹어 봤으면 좋겠다면서 또 미국 입양을 보내 달라고 한참 떼를 쓰다 잠이 들었다. 할머니는 호롱불 밑에서 낮에 다 못한 바느질을 하고 있었다. 아이들은 그새 쌔근거리며 잠이 들었다.

"금영아!"

밖에서 나는 소리에 얇은 판자로 모양새만 겨우 갖춘 방문을 여니, 옆 움막에 사는 개성댁 아주머니가 서 있었다.

"자네는 이 시간까지 일하느라 고될 텐데 좀 쉬지 않고."

"오늘 홀트 양자회 사람들 왔다 갔다면서요?"

"그걸 자네가 어찌 알았누?"

할머니는 슬쩍 내 얼굴을 쳐다보았다.

"도영이 안 보내요. 제가 키울 거예요. 아주머니가 저번에 그랬잖아요. 제가 열네 살만 되면 미군 부대 세탁소에서 일할 수 있게 해 준다고 했잖아요. 그럼 제가 할머니 대신 도영이 잘 키울 수 있어요."

"아이고, 얘가 큰일 날 소리 하네. 원래는 반년을 꼬박 기다려야 차례가 오는 걸 내가 알아봐 줘서 이렇게 일찍 보낼 수 있는 거야. 그 사이에 도영이가 또 트럭에 치이면 어쩔 거냐? 도영이가 가만 보면 명이 길어. 전쟁 때도 제 어미 덕에 살고. 그러니까 도영이는 귀만 딱 치료하면 돼. 미국에 가야 치료가 된다고 하지 않냐?"

봉일천 미군 부대 앞 식당에서 일하는 개성댁 아주머니는 미국은 의술이 좋아서 눈이 먼 사람도 앞을 보게 하고 귀가 먹은 사람도 귀를 뻥 뚫리게 해 준다는 말을 할머니에게 자주 하곤 하였다. 나는 아무 말도 할 수가 없었다. 아주머니 말을 듣고 있으니 도영이를 미국으로 보내야만 할 것 같았다.

"아까 낮에 온 그 미국 사람이 우리 차영이를 아주 똑똑하게 본 모양일세. 내가 허락하면 차영이랑 도영이를 같은 집으로 입양 갈 수 있게 해 준다는데, 선뜻 대답을 못 했구먼."

"아이고, 잘됐네요. 이제 걱정 안 해도 되겠어요. 둘이 같은 집으로 가면 훨씬 낫지요. 낫다마다요. 금영아! 둘이 같이 보내자. 갓난아기들이야 기억이 없으니 나중에 못 만난다 해도 차영이랑 도영이는 이제 열 살 아니냐? 게다가 야무진 걸로는 둘째가라면 서러운 차영이가 있으니 안심도 되고. 나중에 커서 찾아오겠지. 두고 봐라."

개성댁 아주머니는 방문을 닫고 나갈 때까지 두 아이를 미국으로 보내는 것이 당연하다고 했다. 나는 이런 생각 저런 생각에 뒤척이느라 잠을 한숨도 잘 수 없었다. 몸을 한 번 뒤척일 때마다 마음이 시계추처럼 흔들렸다.

날이 밝았다. 할머니는 벌써 일어나 밖으로 나갈 채비를 하였다.

"금영아, 봉일천에 급히 다녀와야겠구나. 바느질한 것도 좀 가져다주고 오는 길에 차영이 옷이랑 쌀도 좀 사 와야겠다."

"할머니⋯⋯."

할머니는 말없이 내 어깨를 두드려 주었다.

차영이와 도영이는 일어나자마자 배가 고픈지 받아 놓은 우물물을 연거푸 마셔 댔다. 쪽박에 입을 대고 물을 마시는 아이들의 모습이 오늘따라 더 처량하게 느껴졌다. 그래도 허기는 쉽게 가시지 않는지 차영이는 움막 앞 땅바닥에 털썩 주저앉았다. 도영이도 나란히 옆에 앉았다. 어제 먹은 거라고는 옥수숫가루로 만든 죽 한 그릇이 전부였으니 허기가 질 만했다. 요 며칠 할머니가 밤잠을 못 자고 바느질해서 번 품삯은 도영이 입양 보낼 때 입힐 새 옷을 사는데 다 써 버려 집에는 밀가루 한 줌도 남아 있지 않았다. 축 처진 아이들의 어깨를 보니 밤새 갈팡질팡했던 마음이 서서히 기울어졌다.

"차영아, 너도 도영이랑 같이 미국으로 가고 싶어?"

"응, 언니. 나는 진짜 미국으로 가고 싶어. 그러니 나도 좀 보내 달라고 해 봐."

"왜? 왜 그렇게 미국으로 가고 싶은데?"

"미국은 부자래. 가면 맛있는 것도 실컷 먹고 또 학교도 갈 수 있대. 나는 의사가 되고 싶어, 언니. 그래야 우리 도영이

귀도 고쳐줄 수 있지. 근데 여기 장곡리에 있으면 학교도 못 가는데 어떻게 의사가 될 수 있겠어?"

"미국으로 가면 할머니랑 언니도 못 봐. 그래도 괜찮아?"

"왜 못 봐? 내가 나중에 커서 언니랑 할머니를 찾으러 오면 되잖아. 나는 옛날에 우리가 태어난 집 주소도 다 외우고 지금 사는 움막집 주소도 다 알아. 그러니 왜 못 만나겠어?"

"그래? 그럼 우리 언제 다시 만날 수 있을까?"

차영이는 뭔가 이상하다는 듯 고개를 갸우뚱거렸다.

"언니, 나도 미국 가? 할머니가 그래?"

눈치 빠른 차영이는 신이 나서 방방 뛰어다니며 소리를 질렀다.

오후 네 시가 다 되어서 할머니가 돌아왔다. 차영이가 미국 갈 때 입고 갈 옷과 쌀 한 봉지를 들고 왔다. 차영이는 하얀 블라우스에 남색 치마 한 벌을 받아들고 호들갑스럽게 뛰며 노래를 불렀다.

"미국 간다, 미국 간다, 새 옷 입고 미국 간다. 입양 간다, 입양 간다, 새 옷 입고 입양 간다."

내일 일찍 일어나 준비를 해야 한다며 할머니는 이른 저녁을 손수 지어 주었다. 움막집에서 처음 맡는 구수한 쌀밥 냄새다.

"차영아, 많이 먹어라. 쌀밥 한 그릇 먹어 봤으면 소원이 없겠다고 하지 않았냐? 많이 먹고 미국 가서 우리 도영이 좀 잘 보살펴 주어라."

"당연하죠. 할머니, 우리 걱정하지 마요. 내가 다 알아서 할 테니까. 쌀밥 진짜 맛있다. 내가 먹어 본 것 중에 제일 맛있어요."

일찍 자리에 누웠다. 차영이는 들떠서 잠이 안 올 것 같다

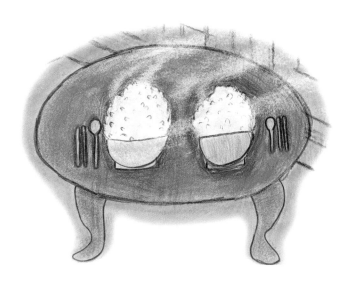

더니 눕자마자 이내 코를 골았다. 도영이와 같이 미국으로 간다는 말을 듣고는 낮에 혼자서 큰 소쿠리를 들고 깽깽이풀을 뜯으러 저 산 밑까지 다녀왔으니 피곤할 만도 했다. 도영이는 내 손을 꼭 잡고 누워서 잠들었다. 도영이도 내일 아침이면 이곳을 떠난다는 것을 알고 있는 모양이었다.

눈을 감고 누웠다. 어느새 밤은 깊어서 귀뚜라미 소리가 더 크게 들렸다. 귀뚜라미 울음소리 사이에 간간이 할머니의 한숨 소리가 섞여서 들렸다. 할머니도 나처럼 쉽게 잠이 오지 않는 모양이었다.

아침부터 두 아이를 깨끗하게 씻기고 새 옷을 입히느라 바빴다. 할머니는 이제 막 새로 지은 하얀 쌀밥 두 그릇을 수북이 담아 왔다. 차영이와 도영이는 어제 저녁밥은 허겁지겁 단숨에 비우더니 아침밥을 먹는 모습은 영 시원찮아 보였다. 보다 못한 할머니가 직접 숟가락으로 밥을 떠서 아이들 입에 넣어 주었다.

상을 치우고 네 식구가 둘러앉았다. 할머니는 차영이에게 하얀 손수건을 건넸다. 갈색 실로 우리 집 주소를 수놓은 손수건이었다.

경기도 장단군 진서면 눌목리[11] 104번지 문석중

경기도 파주군 조리면 장곡3리 피란민촌[12] 문금영

"차영아, 이거 옷 속에 단단히 넣어 두어라. 나중에 꼭 찾아오기로 했지? 그때 이거 보고 헤매지 말고 잘 찾아오너라. 통일이 되면 첫 번째 주소로 찾아오고, 그렇지 않으면 두 번째 주소로 찾아오너라."

"예, 할머니. 잊지 않고 꼭 할머니랑 언니 찾으러 올게요. 도영이도 데리고요. 그때까지 할머니 아프지 말고 언니랑 잘 지내고 있어요."

"오냐오냐, 내 새끼들. 꼭 다시 만나자."

할머니는 옷고름으로 눈물을 닦았다. 나는 울지 않으려 애를 썼지만 참을 수가 없었다. 고개를 푹 숙이고 눈물을 훔치는데 차영이가 눈물에 엉겨 붙은 머리카락을 쓸어 주었다.

"언니, 울지 마. 울면 바보야. 우리 꼭 다시 돌아올게. 자, 약속해. 그러니까 울지 마, 언니."

---

11) **눌목리** 삼팔선 이남이었다가 한국 전쟁 후 휴전선 이북이 된 마을.

12) **피란민촌** 한국 전쟁 당시 형성되었던 피란민들이 정착한 움막촌.

차영이는 내 새끼손가락에 제 새끼손가락을 걸며 환하게 웃었다.

그러는 사이 움막 앞에 홀트 양자회에서 온 차가 도착했다. 안 가겠다고 버티는 도영이를 어르고 달래 억지로 차에 태웠다. 차영이는 소풍 가는 아이처럼 활짝 웃어 보이며 차 문을 닫았다. 나는 잘 가라는 말도 하지 못한 채 연신 눈물을 흘리며 서 있었다. 아이들을 태운 차가 흙먼지를 일으키며 골목에서 벗어났다. 할머니는 그만 들어가자며 내 팔을 잡아 끌었지만 나는 몸이 움직이지 않아 한참을 그 자리에 그대로 서 있었다. 구월의 가을볕이 머리 위에서 뜨겁게 내리쬐고 있었다.

'차영아, 도영아. 꼭 다시 돌아와. 너희들이 돌아올 때까지 여기서 기다리고 있을게.'

제니

정민영

글쓰기의 설렘에 마음이 짜릿하고 두근거립니다.
이 설렘과 평생 친구가 될 수 있기를…….

제니

글 **정민영** | 그림 **이세언, 이승철**

나는 제니다.

은영이, 미숙이, 정희 같은 이 동네의 뻔한 이름과는 비교가 안 되는 내 이름 제니. 나는 이 이름이 아주 자랑스럽고 좋다. 나에게 김 씨니 박 씨니 하는 성씨는 중요하지 않다. 그저 제니라서 좋은 거다.

물론 내 외모도 비교 불가다. 하얀 피부에 인형처럼 곱슬곱슬한 금발 머리와 오뚝한 코를 가진 나는 이 동네 아이들과는 차원이 다르게 예쁘다. 눈동자만 파란색이었다면 더 완벽했을 텐데, 하필 엄마를 닮아 밝은 갈색이다. 이렇게 예쁜 내가 파주 연풍리에 사는 건 좀 어울리지 않는 일이다. 빨리 아빠가 있다는 미국으로 어떻게든 가야 한다. 백인 혼혈아인 나는 이 동네와 맞지 않다.

연풍 국민학교[13] 4학년 3반인 우리 반에는 나 말고도 혼혈아가 두 명이나 더 있다. 그 애들은 모두 흑인 혼혈아다. 나하고 친해지고 싶어 하는 눈치지만, 그건 좀 힘든 일이다. 친한 친구가 되면 학교에 갈 때나 집에 올 때도 함께 다녀야 하는데, 연풍리에는 큰길을 사이에 두고 백인 지역과 흑인 지역이 나뉘어 있어서 함께 다니기가 아주 애매하기 때문이다. 이 단순한 이유로 나는 그 애들과 친해지고 싶은 맘이 없다.

"에, 우리 박정희 대통령께서 지금 전국적으로 열심히 전개하고 있는 운동이 뭔지 아는 사람?"

선생님의 질문에 잘난 척 일등인 김훈이 손을 번쩍 들었다.

"새마을 운동입니다."

"그렇지. 아주 잘 말했다."

---

13) **국민학교** '초등학교'의 전 용어.

안 그래도 지겨운 수업 시간인데, 선생님은 새마을 운동이며 박정희 대통령이 한 이런저런 일들을 작정이나 한 듯 침까지 튀기며 열심히 칭찬하셨다. 누가 들으면 대통령하고 친척인 줄 알겠다.

'치, 우리 파주는 새마을 운동이 아니라도 미제 물건도 많고 영어로 쓴 간판을 단 가게도 많은데 뭘.'

난 수업 시간 내내 엄마가 듣던 팝송을 생각하며 딴생각을 했다.

수업이 다 끝나니 학교 앞 문방구에 아이들이 득실득실했다. 다들 달고나를 만들고 있는 주인아저씨를 보느라 정신이 없다. 나는 달고나보다 더 달콤한 초콜릿이 있는 집으로 얼른 발걸음을 옮겼다.

저만치 앞에 은영이와 정희가 비밀 얘기라도 하듯 귓속말을 하며 걸어간다. 은영이는 양복점집 딸이고, 정희는 유리 가게 딸이다.

"얘들아, 같이 가자."

내가 부르는 소리를 듣더니 은영이와 정희가 깜짝 놀라며 뒤돌아본다.

"아, 제니구나. 그래, 같이 가자."

"제니야, 미군 부대에서 또 여자가 죽었다던데……. 너도 들었지?"

"아니. 못 들었는데? 난 그런 거 관심 없어."

내 대답에 정희는 이상한 표정을 짓더니 더 이상한 이야기를 했다.

"넌 네 엄마 걱정은 안 되냐?"

정희의 말에 은영이가 나보다 더 당황해하며 말을 더듬었다.

"아, 아니. 정희 말은 네 엄마가 미군 부대에서 일하니까 걱정된다는 얘기지."

"죽은 여자랑 우리 엄마랑 무슨 상관이야?"

나와 상관없는 이상한 말을 하는 애들에게 톡 쏘아붙이고는 혼자 집으로 걸어갔다. 씩씩대며 집으로 오긴 했지만, 이상하게 며칠 전 엄마의 눈물이 자꾸 생각났다. 엄마와 같이 일하는 친구에게 나쁜 일이 생겼다더니, 엄마 친구가 혹시 정희가 말한 부대에서 죽었다는 그 여자인가. 에이, 모르겠다. 아무래도 다시 나가서 영어 간판이나 읽어야겠다.

언제 미국으로 갈지 모르기 때문에 나는 누가 시키지 않아도 영어 공부를 열심히 한다. 알파벳은 예전에 혼자서 다 외웠고, 요즘은 영어 읽기 연습을 하는데 솔직히 어려운 간판이 좀 많다. 은영이네 양복점에 쓰여 있는 'TAILOR'라는 영어가 내가 요즘 읽고 있는 글자다. 'Club' 이런 글자는 읽기 참 쉬운데, 동네에 백인 클럽, 흑인 클럽이 여러 개 있어서 난 학교 가기 전부터 이런 쉬운 영어는 다 읽을 수 있었다. 게다가 손님이 대부분 미군이어서 상점마다 영어가 아주 많이 쓰여 있다. 내가 영어를 공부하기 딱 좋은 환경인 거다.

집으로 들어가려는데 마당에서 퍽, 퍽 딱지를 치는 소리가 났다. 우리 반 잘난 척 일등이자 오매불망 나만 바라보는 김훈이다. 김훈은 우리가 세 들어 사는 집의 주인집 아들이다. 어릴 적부터 엄마가 부대에 출근하면 함께 밥도 먹고 소꿉장난 놀이도 했던 한 집에 같이 사는 친구다. 한 집에 살다 보니 거의 매일 김훈과 놀았는데, 요즘은 김훈과 노는 게 예전만큼 재미나지 않다. 4학년이나 됐는데도 남자애들은 왜 이리 유치하고 시시한지. 무엇보다 주인집 아줌마인 훈이 엄마가 김훈이 나랑 노는 걸 별로 좋아하지 않기 때문이다.

"너 제니 엄마가 부대에서 뭘 하는 줄이나 알고 제니랑 노는 거야? 친해서 좋은 거 없으니까 제니가 놀자고 하면 바쁘다고 해. 알았지?”

일부러 엿듣지 않아도 나랑 놀지 말라고 소곤소곤 야단치는 소리가 밖에까지 들린다는 걸 아줌마는 잘 모르시나 보다. 나는 혼자서도 얼마든지 놀 수 있는데 김훈은 여전히 나만 따라다닌다.

또각, 또각, 또각.

“제니야, 엄마 나간다. 햄버거 놔뒀으니 잘 챙겨 먹어라.”

엄마의 하이힐 소리는 언제 들어도 기분 좋다. 거울을 보다가 엄마가 부르는 소리에 얼른 마루로 나갔다. 그루프[14]로 동그랗게 만든 웨이브 머리를 하고 분홍색 입술을 한 엄마는 오늘따라 화장이 더 화사하다.

“벌써 세 시야?”

엄마는 항상 세 시면 집을 나선다. 그래야 버스를 타고 늦지 않게 장파리에 있는 리비교까지 갈 수 있다고 한다. 리비교를 건너면 엄마가 일하고 있는 엄청나게 큰 미군 부대가 있다.

---

14) **그루프** 머리카락을 말아 구불거리게 만들어 주는 원통 모양의 기구. 헤어 롤러.

"엄마, 올 때 햄이랑 콜라 많이 가져와!"

나는 혹시나 엄마가 못 들을까 싶어 골목까지 따라나서며 이야기했다.

"알았으니까 잘 놀고 있어. 아줌마 말씀도 잘 듣고."

엄마는 미군 부대 안에서 여러 가지 일을 한다고 했다. 하지만 엄마가 정확히 무슨 일을 하는지는 잘 모른다. 대신 우리 집에는 미국 사람들이 사용하는 물건들이 많다. 우리 집에선 두툼한 햄이 들어있는 햄버거는 쌀밥이고, 목이 시원해지며 톡 쏘는 콜라는 숭늉이다. 향기 좋은 미제 로션은 집에 널렸다.

요즘 들어 엄마가 저녁 늦게 아리랑 택시를 타고 미군 부대에 가는 일이 많아졌다. 아리랑 택시는 미군 부대에서 보내 주는 특별한 택시라고 엄마가 말했다. 그리고 곧 미국으로 갈지도 모르니 영어 공부를 더 열심히 하라고도 했다. 특별한 택시 때문인지 미국 때문인지, 출근하는 엄마 얼굴이 예전과 다르게 즐거워 보인다. 콧노래도 흥얼거리고, 화장하는 시간도 더 길어지고. 그러고 보니 엄마한테 수상한 향수 냄새도 난다. 혹시 아빠와 연락이라도 된 걸까? 아, 제발 그렇게 해 달라고 매일매일 기도해야겠다.

"제니야, 이거 훈이 엄마한테 갖다 드려."

엄마가 미제 물건이 담긴 봉투를 내밀며 말했다. 훈이 엄마는 미제 물건을 정말 좋아하신다. '미제라면 양잿물도 마신다.'는 얘기는 아줌마를 두고 하는 말 같다. 평소에 나를 좋아하지 않는 훈이 엄마도 내가 미제 물건을 들고 놀러 가면 나를 엄청나게 반기시기 때문이다. 그런 훈이 엄마를 위해 엄마는 캔이며 껌, 소시지 같은 것들을 나에게 자주 들려 보낸다.

"치, 이런 건 맨날 왜 가져다줘! 뒤에서 엄마 흉보는 아줌마가 뭐가 좋다고."

"아줌마가 언제 흉봤다고 그래. 그것보다 엄마는 우리 제니만 엄마 안 창피해하면 돼."

엄마는 말도 안 되는 소리를 곧잘 한다. 얼굴도 예쁘고 달러도 많이 버는 애국자 엄마를 내가 왜 창피해한다고 생각하는지 정말 이해가 안 되는 말이다.

봉투를 드리고 나서 김훈과 놀고 있는데, 그날따라 김훈이 내 눈치를 보며 똥 싸고 싶은 강아지 마냥 안절부절못하면서 내 꽁무니만 쫄래쫄래 따라다닌다. 그러더니 갑자기 결심한 듯 말했다.

"제니야, 나 네 아빠를 본 것 같아. 네 엄마가 너랑 똑같이 생긴 아저씨랑 있는 거 봤어."

"그게 무슨 말이야? 우리 아빠를 봤다고? 어디서 봤는데?"

정말 아빠인가 보다. 가슴이 콩닥거리고 눈이 번쩍 떠졌다.

"어제 엄마 심부름으로 콩나물 사러 갔다가 천변 둑길 앞에서 봤어. 너처럼 곱슬곱슬한 노란 머리 미국 아저씨랑 네 엄마가 팔짱을 끼고 있더라고. 네 아빠가 아니면 왜 그러고 있겠냐?"

"그래? 근데 우리 아빠라면 왜 나를 안 만나고 그냥 갔지? 이상하잖아."

"그러게. 근데 정말 너랑 똑같이 생겼던데……."

"야, 김훈! 나처럼 곱슬곱슬한 금발 머리 미국 사람이 한둘이냐? 어휴, 정말 바보 같아."

나는 김훈 팔뚝을 세게 꼬집었다. 미안해서인지 김훈은 머리를 긁적거리며 자기 방으로 돌아갔다.

그날 밤 이불 속에서 본 적도 없는 아빠 얼굴을 수십 번 생각했다. 그런데 아무리 생각해도 이상하다. 아빠가 아니라면 엄마는 왜 다른 아저씨와 같이 있었지? 아니면 정말 아빠인가? 안 되겠다. 기도만 할 때가 아니다. 진실을 알아야겠다.

다음날부터 나는 엄마의 모든 행동을 살피며 따라다니기 시작했다. 엄마가 잠깐 골목에라도 나가면 엄마 모르게 벽에 달라붙어 엄마가 뭐하고 있는지 모두 확인했다. 언제 나 몰래 그 아저씨를 만날지 모르기 때문이다.

엄마가 훈이 엄마네 방으로 조심스럽게 들어갔다. 양손 가득 미제 물건을 들고 말이다. 나는 방문에 귀를 대고 숨죽여 엄마와 아줌마가 하는 얘기를 들었다.

"저……, 돈 좀 빌려주실 수 있어요? 달러로 주시면 더 감사하고요. 제가 이자 많이 쳐 드릴게요."

이상하다. 엄마는 달러 많이 벌어서 나라에서 주는 집 한 채를 꼭 받겠다며 아픈 날도 쉬지 않고 출근하는 억척 또순이인데, 왜 아줌마에게 돈을 빌려 달라는 거지? 엄마가 난처해하는 얼굴로 나오는 걸 보니 돈을 못 빌렸나 보다. 그날 엄마는 출근할 생각이 없는지 자리에 누워 꼼짝을 안 했다. 분명, 뭔가 있다.

며칠 후, 곱슬곱슬한 금발의 미군 아저씨가 엄마를 찾아왔다. 딱 봐도 김훈이 말한 그 아저씨다. 하지만 나는 한눈에 알아봤다. 우리 아빠가 아니다. 우리 아빠가 저런 초조한 표정을 하고 있을 리가 없다.

엄마 몰래 엄마와 그 아저씨를 지켜봤다.

"프랭크! 무슨 일이야?"

엄마가 뭐라고 말하자 아저씨가 엄마에게 화를 냈다. 분명히 들었다. 그 프랭크라는 아저씨가 '머니'라고 말하는 걸. 그러더니 다짜고짜 엄마 머리채를 잡고 엄마를 겁주며 소리를 질렀다. 그리고 나선 엄마를 땅에 내동댕이치고 욕을 하며 가 버렸다. 아빠는커녕 아주 나쁜 놈이다. 엄마가 두 손으로 얼굴을 잡고 서럽게 울었다. 엄마를 울리다니, 가만두지 않겠다. 프랭크!

김훈을 불러 자초지종을 설명하고 작전을 짜자고 했다.

"제니야, 그런데 그 프랭크라는 사람을 우리가 어떻게 찾냐? 파주에 미군이 한두 명도 아니고……."

"그러니까 내가 너를 불렀지. 네가 우리 반 잘난 척 일등이잖아. 이럴 때 그 실력을 좀 발휘해 보라고."

"흠, 그럼 이건 어때? 은영이네 양복점이 미군들한테 제일 유명하니까 은영이 아빠한테 프랭크를 아냐고 물어보면 어떨까? 너 은영이랑 친해서 아저씨 잘 알잖아."

"그래! 엄마한테 물어볼 수도 없으니 우선 그렇게 해 보자.

네 말대로 은영이네 아빠가 아실지도 모르니까.”

은영이네 양복점에 찾아가 곱슬곱슬 금발 머리의 프랭크란 미군을 아시냐고 물었다. 아저씨는 그런 미군은 모른다며 바쁘다고 하셨다. 우린 크게 실망했지만, 다시 다른 방법을 찾았다. 우리는 미군들이 다니는 백인 클럽을 하루에 한 개씩 찾아다니기로 했다. 미군들이 오후에 부대에서 퇴근하면 클럽에 자주 오니까 어쩌면 찾을 수 있을지도 모른다.

김훈과 나는 매일같이 학교가 끝나면 백인 클럽 앞으로 출근을 했다. 나흘째 되던 날, 클럽 앞 골목에서 그렇게 기다리던 프랭크를 찾았다. 프랭크를 알아본 순간, 하마터면 너무 놀라서 소리를 지를 뻔했다. 게다가 어떤 아줌마랑 함께였다.

드디어 작전 개시다. 나와 김훈은 정신을 바짝 차리고 미리 준비한 콜라병을 꺼냈다. 종이로 막아 놓은 입구를 열고 프랭크를 향해 걸어갔다. 그러고 나서 병 속의 내용물을 프랭크 몸에 쏟고는 곧장 도망쳤다.

“오 마이 갓!”

“어머, 이게 뭐야!”

뒷집 강아지 똘이의 똥오줌과 오래된 새우젓 국물을 함께 넣어 만든 어마어마한 비밀 액체다. 매일 들고 다녀서 완전 제대로 삭아 버린 액체에 프랭크와 함께 있던 아줌마는 난리가 났다. 물론 우리도 너무 지독한 냄새 때문에 코를 틀어막고 만들긴 했지만 말이다. 쌤통이다, 프랭크!

하지만 이게 끝이 아니다. 작전 2단계가 남았다. 나와 김훈은 골목 모퉁이에 숨어 가방에 들어 있던 새총과 돌멩이를 잽싸게 꺼냈다. 그리고 정신이 없는 프랭크를 향해 발사했다.

따닥! 딱!

프랭크 이마에 정확히 명중했다. 프랭크가 아픈 이마를 감싸며 데굴데굴 굴렀다.

"얼른 도망쳐!"

김훈이 냅다 도망쳤다. 하지만 너무 아쉬웠다. 3단계로 똥통에 빠뜨렸어야 했는데…….

나의 복수는 성공 같았지만 해피 엔딩이 아니었다. 프랭크의 표정을 보려고 돌아선 순간 바로 앞에서 지독한 냄새가 났다. 프랭크가 긴 다리로 이미 내 앞에 와 있었고 그 큰 손으로 내 뒷덜미를 잡고는 질질 끌고 가기 시작했다. 나는 발버

둥을 치며 완강히 저항했지만, 프랭크의 손아귀에서 벗어날 수 없었다.

경찰서에서 엄마를 본 프랭크는 더 길길이 날뛰었다. 엄마는 경찰 아저씨에게 자신은 미군 위안부인데, 도박 빚이 있는 프랭크가 엄마에게 달러를 가져오라고 협박했다고 말했다. 엄마는 내가 프랭크에게 한 일을 듣고는 혹시나 내가 벌 받을까 봐 엄마에 관한 모든 걸 경찰 아저씨에게 이야기한 것이다. 돌멩이에 맞아 이마에 혹이 두 개나 난 프랭크는 자기가 한 짓은 생각도 하지 않고 오히려 엄마와 나에게 알아듣지도 못할 말을 하며 더 큰소리를 쳤다. 그런 프랭크에게 엄마는 연신 "아임 쏘리."라고 하며 굽신거리느라 정신이 없다. 프랭크의 지독한 냄새에 얼굴까지 빨개진 경찰 아저씨는 코를 틀어막느라 숨도 제대로 못 쉬고 오히려 프랭크보다 더 고생이다.

'정말 똥통에 빠뜨려서 못 나오게 해야 했는데…….'

작전에 실패한 나는 오로지 3단계 생각에 계속 프랭크를 째려봤다. 엄마가 프랭크에게 손이 발이 되도록 빌고 난 후에야 엄마와 난 지독한 냄새로 가득 찬 경찰서에서 나올 수 있었다.

엄마가 미군 위안부라는 사실을 알게 되었지만, 나와 엄마에게 달라진 건 하나도 없다. 하지만 한 가지 확실한 게 있다. 엄마를 향해 떳떳하지 못한 돈을 번다며 수군대는 사람들에게 나는 언제든 새총을 쏠 준비가 되어 있다는 거다. 그리고 자신 있게 말할 것이다.

'사랑하는 내 엄마라고……. 다른 엄마들과 똑같다고.'

양공주 딸, 혼혈아, 나에게 이런 것은 중요하지 않다.

나는 제니다.

바카껌

박경희

노는 걸 좋아해요. 여기저기 기웃대는 걸 좋아해요.
삼 남매가 파주에서 태어나 자라고 있는 것이 너무 행복합니다.

바카껌[15)]

글 **박경희** | 그림 **박연, 박훤**

"앗, 뜨거워!"

솥뚜껑을 살짝 열어서 한 김 빼야 했는데 마음이 급했다. 화끈거리는 손가락을 귓불에 대고 식혔다. 어머니는 새벽녘부터 콩밭에 나가 김을 맸다. 나는 새참으로 밀가루 조금에 쑥을 버무려 쪘다.

'나물죽이나 끓일 걸 그랬나.'

보자기에 쑥버무리를 싸면서 몇 번을 먹어 봐도 찐득거리기만 하고 맛이 별로다.

---

15) **바카껌** 박하 껌.

"애가 그 옷을 어디서 주워 입었어? 계집애가 그 꼴이 뭐야!"

어머니는 새참을 들고 오는 내 모습을 보고 소리쳤다. 구부정한 허리를 펴지도 못하고 고개만 들어 얼굴을 찌푸렸다.

"나물죽 먹기 싫어서 이거 만들었어요."

나는 어머니 앞에 쑥버무리를 풀어 놓았다. 여름 햇빛을 피할 나무 그늘도 없는 콩밭이었다. 그래도 아침나절 흙바닥은 제법 시원했다.

"상우가 준 건데, 이렇게 접어 입으니까 제법 잘 맞아요. 엄마 힘들게 바느질 안 해도 되고요. 계집애는 이런 거 입으면 안 되나? 나 여군 같지 않아요?"

나는 하나 둘 하나 둘 구령에 맞춰 발을 구르고 총을 쏘는 시늉을 했다. 어머니는 혀를 차며 머릿수건으로 땀을 닦았다.

"우물에 가서 얼굴부터 좀 씻어. 물도 길어다 놓고. 그 더러운 군복은 갖다 버려. 저녁에 옷 한 벌 만들어 줄게."

광목천으로 만든 하얀 옷도 아니고 기껏해야 낡은 옷이나 작아진 옷을 이어 붙여 만든 것일 텐데. 차라리 상우가 준 군복이 더 멋있고 편했다. 나는 새참을 먹고 난 빈 그릇을 보자기에 싼 후, 상우가 있는 곳으로 걸음을 재촉했다.

상우는 커다란 군용 천막에서 열 걸음쯤 떨어져 있는 작은 천막 앞에 앉아 있었다. 누런 종이, 하얀 종이, 색깔도 크기도 제각각인 종이를 바닥에 펼쳐 두고 있었다.

상우 머리가 이상했다.

"너 머리가 왜 그래? 머리에 피딱지가 있잖아."

상우 머리카락을 헤쳐 보니 상처가 난 곳이 제법 많았다.

"머리가 이 지경이 됐으면 집에 가야지, 지금 이러고 있을 때야?"

상우는 내 이야기는 듣는 둥 마는 둥 했다. 등받이 없는 딱딱한 나무 의자에 앉아 짧은 연필 끝에 침을 발라 가며 미군 얼굴을 그리기에 바빴다. 완성된 초상화를 받아 든 미군은 상우가 그려 준 초상화가 마음에 드는지 엄지손가락을 연신 치켜세운 뒤 간식거리를 내밀었다.

상우는 그림 그리는 재주 하나는 타고났다. 회의가 있는 날은 가끔씩 천막 앞에서 자리를 잡고 군인들 초상화를 그렸다. 군인들이 줄을 서는 날은 그림값으로 받은 간식을 넣어 둔 주머니가 두둑했다. 그림 솜씨 하나로 그런 것들을 얻을 수 있는 상우가 부럽기도 했다.

"유정이 너는 내가 다쳤는지 검사하는 사람이냐? 괜찮다니까 왜 자꾸 물어보냐?"

상우는 내 얼굴을 힐끗 쳐다보고는 한숨을 쉬었다. 보아하니 오늘 그림을 많이 그리지 못했나 보다. 늘 미군한테 받은 사탕이나 껌으로 불룩했던 호주머니가 오늘따라 홀쭉해 보였다. 나는 초상화를 그리려는 군인을 찾아 나서는 상우를 붙잡았다.

"우리 집에 가서 약 바르자. 고집부리지 말고 얼른."

"지금은 안 돼. 내가 오늘 널문리[16] 간다니까 아침부터 모두 기대하고 있단 말이야."

널문리는 내가 사는 마을 이름이다. 상우는 산 하나를 넘어 옆 동네 백연리에 살고 있다. 널문리에 사는 다른 아이들처럼 상우 아버지도 전쟁 통에 소식이 없었다. 다행히 어머니와 나는 식구가 둘 뿐이라 나물죽이라도 끓여 입에 풀칠을 할 수 있었지만, 상우는 아래로 동생이 네 명이나 있어서 밥

---

16) **널문리** 비무장 지대인 경기도 파주시 진서면에 있는 마을. 한국 전쟁 때 휴전 회담이 열렸던 곳으로, 오늘날의 판문점이다.

을 굶기 일쑤였다.

"오늘은 군인들이 총까지 들고 지키고 있더라. 몰래 넘어 오느라 아주 혼났어."

상우는 짐을 챙기면서 작은 목소리로 말했다.

"그러면 그냥 집에 갔어야지. 먹을 것 얻으러 왔다가 동생들 얼굴 영영 못 보고 싶어?"

전쟁이 나기 전 학교에 온 동무들이 백연리와 널문리 사이에 줄이 하나 생겼다고 했다. 그래서 아침저녁으로 오가던 이웃 마을을 이제는 마음대로 갈 수 없게 되었다며 울상을 지었다. 또 백연리에 사는 아이들이 우리 동네에 오려다 보초 선 군인들에게 혼나기만 하고 돌아갔다는 소문도 들렸다. 설마 했는데 가서 보니 '38선'이라는 표지판이 세워져 있었다.

전쟁이 시작되니 널문리 마을 입구에 '판문점'이라는 낯선 이름이 걸렸다. 자고 일어나면 넓은 콩밭에 크고 작은 천막들이 세워져 있었다. 우리나라 사람뿐 아니라 미국 사람, 중국 사람들이 천막에 모여들었다.

하늘 위에는 열기구라고 부르는 커다란 진분홍색 풍선이

줄에 묶여 둥둥 띄워졌다.

"하늘 위에 저건 뭐예요?"

"저게 있으면 총격도 폭격도 피해서 간대. 전쟁을 끝내려고 회의도 한다더라."

어머니 말대로 하늘에 열기구가 올라간 뒤로 마을을 집어삼킬 것 같은 요란한 폭격 소리가 사라졌다. 어머니는 매일 하얀 대접에 물을 떠 놓고 전쟁이 어서 끝나기를 기도했다. 하늘을 올려다보며 열기구에 손을 모으는 것도 잊지 않았다.

널문리에서 판문점으로 마을 이름이 바뀐 날로부터 나와 상우는 두 살을 더 먹었다. 알아듣지 못 하는 말을 하는 사람들이 자주 모여드는 것이 익숙해졌다. 봄이 가면 여름이 오는 것처럼 자연스러운 일이 되어 버렸다.

"유정아, 얼굴 그려 달라는 사람이 있는지 조금만 돌아다니면서 좀 물어보자."

"네 고집을 누가 말리니?"

"하하."

"그런데 삼팔선에 있는 보초병들은 대체 어떻게 따돌린 거야?"

"산 반대쪽으로 빙 둘러서 왔어. 개구멍 통과하느라 발을 잘 못 디뎌서 비탈에서 굴렀지, 뭐."

"이젠 개구멍도 철조망으로 막아 놓았다고 하지 않았어?

"철조망을 성기게 만들어 놓았더라고."

나는 상우가 입고 있던 군복 여기저기를 들췄다.

"얘가 왜 이래? 창피한 줄도 모르고······."

"너랑 나 사이에 창피하기는. 얼마 전까지 강에서 같이 먹도 감았으면서······."

상우는 요즘 키가 부쩍 커서 낡은 어른 군복을 입어도 어색하지 않았다. 얼굴에 허연 버짐 대신 붉은 여드름이 나고 부끄럼도 많이 탔다.

"고 어웨이!"

커다란 회의장 앞을 지키던 군인들이 상우와 나를 밀치며 외쳤다. 내가 비틀거리면서 넘어지려는 걸 상우가 붙잡았다.

"에잇, 왜 밀고 난리야. 말로 하면 되지."

그때 헬리콥터 몇 대가 먼지를 일으키며 회의장 앞에 착륙하자 군인들이 바쁘게 달려갔다.

"유정아, 이제 가자. 오늘 이곳에서 무슨 일이 있나 봐. 지난번에는 그 앞에 자리 잡고 앉아서 그림 그려도 뭐라고 안

하더니, 오늘은 다른 날이랑 좀 다르지 않냐? 가까이 오지도
못 하게 하고…….”

나는 집에 도착해 바가지에 깨끗한 물을 담았다.

“이거 어머니가 말려 두신 어성초야.”

마당에서 돌맹이를 주워 어성초를 빻아 가루로 만들었다.
바가지에 담긴 물에 잘 개어 상우의 머리카락을 들추어 상처
에 발랐다.

“웩, 비린내. 이 풀 냄새 왜 이러냐?”

상우는 인상을 쓰며 손으로 코를 쥐었다.

“어머니가 그러는데 머리는 상처가 덧나면 머리카락이 안
난대. 병덕이 머리 봤지? 커다란 구멍이 세 개나 있잖아.”

“아, 간지러워. 그만!”

상처를 입으로 호호 불 때마다 상우는 웃음을 못 참고 몸
을 움직였다. 목 뒷덜미며 팔에 난 상처에 약을 바르려 손을
가까이만 대도 데굴데굴 굴렀다.

“가만히 좀 있어 봐. 이거 한 번만 바르면 안 돼. 목하고 팔
은 그렇다 치고 머리는 내일 또 발라 줘야 해.”

우리는 상처에 약을 바르는 내내 키득거렸다. 다친 사람을

치료해 주는 놀이를 하는 것 같은 기분이었다.

"저거 뭐라고 쓴 거야?"

나는 바카껌이 좋아요.

상우는 내가 벽에 낙서한 글자를 가리키며 크게 웃었다.

"야, 바카껌이 뭐냐? 바카껌이……."

"그럼 뭔데?"

"박하 껌이지. 바보야, 내가 제대로 써 줄게. 봐."

상우는 주머니에서 그림 그리던 연필을 꺼냈다. 그리고 보란 듯이 바카껌 밑에 밑줄을 긋고 커다랗게 '박하 껌'이라고 썼다.

나는 바카껌이 좋아요.
박하 껌

"이것 봐. 박하 껌, 이렇게 쓰는 거야."

나도 모르게 얼굴이 화끈거리고 빨개졌다.

"몇 년 전에 쓴 거야. 지금은 당연히 박하 껌인 줄 알지!"

몇 년 전, 어머니가 "이것이 뭔 줄 아냐?"라며 내 손에 박하 껌을 쥐어 주시던 날이 생각났다. 껌을 입안에 넣는 순간 시원하고 달콤한 향기가 느껴졌다. 씹을수록 단물이 나오면서 이에 달라붙지 않는 쫄깃함은 입안에서 금방 녹아버리는 초콜릿과 비교할 수 없었다. 한 번만 씹고 버려야 한다는 것이 아쉬웠다. 입안에 박하 껌을 넣고 잠자리에 누웠다. 단물 빠진 껌을 꿀떡 삼켜 버릴 것 같아 눈을 떴다 감았다 몇 번을 반복했다. 누워서 손이 닿는 벽에 떨어지지 않게 박하 껌을 붙였다. 다음날 또 씹을 수 있다는 생각에 잠이 솔솔 왔다.

이튿날 아침이었다. 어머니 목소리에 눈을 떴다.

"장하다, 장해. 이게 왜 여기에 붙어 있냐? 어이구, 일어나 봐!"

하필 어머니 머리카락에 껌이 붙어 있었다. 결국 가위로 어머니 머리카락을 한 움큼 잘라야 했다.

"넌 동생들 주느라 한 번도 못 먹어 봤지?"

상우는 동생들을 챙기느라 박하 껌을 못 먹어 본 게 틀림없었다. 주머니가 터질 것 같은 날에도 상우 주머니에 들어간 간식거리는 다시 나오는 법이 없었다.

"누가 보면 너는 여러 번 먹어 본 줄 알겠다."

상우는 입을 삐쭉 내밀고 홀쭉한 주머니가 못내 아쉬운 듯 손을 넣어 뒤적거렸다.

"이거 넣어서 가. 상처 덧나지 않게 며칠 발라 줘야 해. 알았지?"

나는 상우 바지 주머니에 뭐라도 넣어 주고 싶었다.

"내일 또 올 거니까 네가 해 줘."

"어떻게 오려고? 또 개구멍으로 넘어오다 이번에는 굴러서 팔이라도 부러지려고?"

상우는 걱정스러운 내 마음도 모르고 태연했다.

"여기에 이거 두고 간다."

상우는 어성초를 툇마루에 놓아두고 달려갔다. 대문을 지나서 나를 돌아다보고 장난스럽게 웃었다. 나는 나도 모르게 자루를 챙겨 상우를 향해 뛰어나갔다.

"상우야, 같이 가. 어머니가 나물 뜯어 오라고 하신 걸 깜빡했어."

며칠 전 왔을 때보다 잡초가 더 많이 자라 있었다. 군데군데 나무가 잘린 민둥산으로 햇빛이 강하게 비쳤다. 너도나도 땔감으로 베어 간 나무 밑동에 이끼들이 자라고 있었다. 어릴 적 뛰어놀았던 울창하고 푸른 숲은 아득히 먼 옛날 일이었다. 하지만 다행히 황폐해진 산에서 나물들이 새로 돋아났다.

"그건 윤판나물인데, 지난번에 죽 끓여 먹었다가 배 아파서 혼났어. 새벽까지 뒷간에 들락날락했어."

"그럼 이건?"

상우는 산등성이 아래서 이파리를 뜯어 열심히 흔들어 보였다.

"그건 뜯어도 돼. 나비나물이야. 향도 좋고 맛도 좋아."

내가 정신없이 나물을 뜯고 있는 사이 상우는 혼자 산등성이 위로 올라가 있었다.

"그런데 이건 뭐지? 상우야, 이리 좀 와 봐."

나는 상우를 향해 손짓했다. 상우는 미끄러질 듯 내려와 내 옆에 섰다.

철모가 반쯤 흙에 덮여 있었다. 우리는 숨을 크게 내쉬고 가까이 다가갔다. 발로 흙을 헤치고 물건으로 보이는 것은 발끝으로 툭툭 치기도 했다. 땅에 뒹굴고 있던 수통 옆으로 거무튀튀한 다섯 개의 손가락이 보였다.

"꺅!"

나는 주저앉은 채로 뒷걸음질을 쳤다.

"저, 저 사람……. 군인 맞지?"

상우는 귀신에 홀린 사람처럼 내 말이 들리지 않는 것 같았다. 상우는 죽은 군인 가까이 다가갔다. 그리고 맨손으로 흙을 파냈다. 흙 속에 묻혀 있던 바짝 마른 팔다리가 볼록하고 선명하게 보였다.

상우는 전리품처럼 철모, 수통, 녹이 슨 물건들을 하나둘씩 내 앞에 가져다 놓았다.

"왜 이걸 여기에 두는 거야. 기분 나빠, 저리 치워!"

"이런 건 어디서 쉽게 구할 수 있는 줄 알아? 이거 팔면 보름치 쌀도 얻을 수 있어."

상우는 군인의 군복에 군화까지 벗겼다.

"그냥 두고 가자. 그런 걸 왜 가지고 가. 나 무서워. 그냥 두고 가자."

"무섭기는 뭐가 무서워. 나는 배고프다고 우는 동생들 보면 안쓰럽고, 그게 더 무서워. 너는 이제 집에 가. 동생들 기다려서 나도 가야 해."

눈을 질끈 감았다 떴다. 눈물이 멈추지 않고 자꾸 흘렀다.

상우가 주머니에서 무언가 꺼내 내게 내밀었다.

"이것 받아."

상우 손에는 하얀 종이가 접혀 있었다.

"너 글씨 연습하라고 주는 거야. 박하 껌, 박하 껌, 열 번 쓰는 연습해."

"됐어! 누가 이딴 거 필요하대?"

나는 상우에게서 되도록 멀리 떨어지고 싶었다. 정신없이 반대쪽으로 걸어 내려갔다.

"어디로 가는 거야? 그만 좀 가!"

뒤에서 쫓아오는 발걸음 소리가 들렸다.

"야, 정유정. 빨리 받아! 해가 지면 삼팔선에 보초병들이 더 많이 온단 말이야."

순간 나는 발을 멈췄다. 상우가 배고파 울고 있을 동생들에게로 무사히 가려면 지금 돌아가야만 했다.

상우 손은 흙으로 얼룩져 잿빛이었다. 아무리 물로 씻어도 씻기지 않을 것 같았다. 상우는 내 손에 종이를 꼭 쥐어 주고 서둘러 삼팔선 근처로 달려갔다. 달려가는 상우를 한참 동안 바라봤다. 머리에 쓴 철모가 벗겨질 것처럼 흔들려 불안해 보였다.

바카껌 좋아하는 유정이에게

종이를 펼치니 박하 껌 한 개와 몇 번을 지웠다 쓴 듯한 글과 내 얼굴이 그려져 있었다. 굵은 선 얇은 선을 골고루 쓴, 상우가 그린 내 얼굴이었다.

'칫, 박하 껌이라고 잘난 척하더니 자기도 바카껌이라고 쓴 것 봐.'

나는 종이가 해어지지 않게 조심조심 접었다. 시원하고 달콤한 박하 껌 향기 때문인지 눈물로 얼룩졌던 눈가에 잠시 미소가 지어졌다. 집으로 걷는 동안 나물 자루가 가볍게 느껴졌다.

두두두두, 두두두두.

하늘 위로 헬리콥터 몇 대가 요란한 소리를 내며 날아갔다.

'이제 회의가 끝났나? 평소에는 드문드문 한 대씩 날아가더니……'

분홍빛 열기구는 헬리콥터가 지나갈 때마다 하늘에서 길을 잃은 듯 이리저리 흔들렸다.

회의장 앞을 지날 때였다. 모여든 사람들이 너도나도 회의장 앞 판문점이라고 쓰여 있는 간판 앞에서 기념하듯 사진을 찍었다. 미군들은 모자를 벗어 하늘로 던지며 기뻐했고, 중국 사람들은 소란스럽게 모여 있었다. 카메라를 목에 걸고 우리말로 이야기하는 사람들만 얼굴에 근심이 가득했다. 한쪽에서는 몇몇 군인이 하늘에 떠 있던 열기구를 땅으로 내리고 있었다.

집으로 돌아와 상우가 준 종이를 펼쳤다. 종이에 연필로 꼭꼭 눌러 박하 껌, 박하 껌⋯⋯. 열 번을 썼다.

어머니는 콩밭에 다녀와 목이 말랐는지 바가지에 담긴 물을 벌컥벌컥 마시고 툇마루에 걸터앉았다. 그러고는 하늘을 보며 무언가를 찾는 듯했다.

"유정아, 이게 웬일이냐? 열기구가 사라졌다."

"아까 산에서 내려오다 봤는데 군인들이 줄을 잡아당겨 땅으로 내리고 있던데."

어머니는 내 말이 채 끝나기도 전에 황급히 마당을 나섰다. 급한 발걸음에 어머니가 넘어지지 않을까 걱정이 되었다.

상우가 박하 껌을 줬음. 고마워. (1953년 7월 27일[17])

---

17) 1953년 7월 27일 판문점에서 정전 협정이 이루어진 날.

내일 상우가 오면 볼 수 있게 벽에 커다랗게 썼다. 나는 박하 껌을 쥐었던 손을 폈다. 향기가 조금 전보다 옅어졌다.

두루미
구출 작전

이희분

재미있고 진실한 이야기를 쓰고 싶어 최선을 다하고 있습니다.

두루미 구출 작전

글 **이희분** | 그림 **고운산**

"저 하얀 것이 뭐지? 꼭 달이 떨어지는 것 같네."

어머니 혼잣말에 하늘을 올려다보았다. 나는 보자마자 두루미라는 걸 알았다. 길게 누운 오후 햇살을 뚫고 산머리로 불안하게 내려앉고 있었다. 나는 그곳을 향해 무작정 달렸다. 아슬아슬하게 어머니 눈을 피해 무너진 담장을 넘고 불에 탄 벌판을 가로질렀다. 보리죽이 다 되기 전에 돌아오면 어머니는 눈치채지 못하시겠지. 오솔길을 지나고 참나무 숲을 올라 갈림길에서 숨을 골랐다. 오른편 고개 너머 중성산을 지키는 영국군 한 무리가 왁자지껄 떠들며 내려가고 있었다.

한 달 전 파평산 방향으로 국군이 자리를 옮겨 나가더니 그 자리에 영국군이 들어왔다. 영국군은 임진강과 감악산을 잇는 큰길을 지키기 시작했다. 아래로 큰길은 물론 임진강까지 훤히 내려다보이는 중성산 꼭대기에 영국군 참호가 생겼다. 그러고는 두 시간마다 교대로 임진강 북쪽을 뚫어져라 보았다. 가끔 정찰기가 뜨기도 하고 간간이 미군 폭격기가 북쪽을 공격하기도 했다. 밤이 되면 이따금 따다당 따다다다 총성이 남북을 오갔다. 근래에는 이마저도 뜸해지면서 길에서 마주치는 영국군들 사이엔 웃음이 넘쳐났다.

나는 서둘러 갈림길에서 왼쪽으로 돌아 한참을 더 나아갔다. 분명히 이 근처 어디일 텐데.

푸드덕.

찾았다! 둥글고 하얀빛. 날개를 접고 웅크린 두루미는 달빛이었다. 날개를 퍼덕일 때마다 달빛 깃털이 후드득 떨어졌다. 나는 넋을 잃고 바라보았다. 작년 여름 시작된 전쟁 탓에 가을마다 찾아오던 두루미는 소식이 없었다. 이 봄, 북쪽으로 돌아갈 시기가 되고서야 겨우 보다니. 반가움에 심장이 두근거렸다.

두루미가 임진강에 찾아오면 나는 강둑에서 살았다. 가을엔 갈대를 이고, 겨울 눈밭엔 어머니의 하얀 무명 치마를 뒤

집어썼다. 봄엔 풀잎을 머리에 꽂고 바짝 다가가 두루미를 보았다. 온종일 두루미를 보는 게 그냥 좋았다. 이렇게 다시 두루미를 보니 전쟁은 꿈인 것 같았다.

철컥.

순간 모든 것이 얼어붙었다. 베레모를 쓴 영국군이 내게 총을 겨누고 있었다. 석양에 빨간 주근깨가 더욱 도드라져 보였다. 덜덜 떨리는 두 손을 든 채 바삐 말을 찾았다.

"돈 슛."

'자신 있게 말해. 그러면 다 통해.'

통역 장교였던 아버지와 매일 밤 억지로 외우던 영어가 몹시도 아쉬웠다.

"아이 리브 히어."

"이곳에 산다고? 여기서 뭐하고 있었지?"

"문, 폴링, 히어."

"달? 저기 두루미 말인가?"

영국군은 여전히 내게 총을 겨눈 채 고갯짓으로 두루미를 가리켰다.

"예스, 예스."

나는 고개가 떨어져라 끄덕였다.

"꼼짝 말라우."

산 넘어 산이라더니. 이번엔 북한군이었다. 어디서 나타났는지 영국군을 조준하고 있었다. 다리가 후들거리고 심장이 쿵쾅쿵쾅 요동쳤다. 영국군은 그대로 얼어붙어 나와 북한군을 번갈아 노려보았다. 혹시 나랑 북한군이랑 한편이라고 생각하는 건가. 순간 등줄기에 바람이 일었다. 영국군에게 총구를 겨눈 채 북한군이 내게 다가오고 있었다.

"살려 주세요."

"입 닥치라우. 한마디만 더하믄 총알을 먹여 주갔어."

풀잎으로 위장한 북한군 얼굴엔 여드름이 가득했다.

"유 아 인 더 미들 오브 브리티시 오퍼레이션 에어리어."

"뭔 소리네?"

북한군과 영국군이 동시에 나를 보았다. 물고 물린 두 개의 총구 사이에서 나는 어쩌면 살 수도 있다고 생각했다. 집중했다. 영국군이 북한군을 노려보며 한 말을 통역해 주었다.

"너는 지금 영국군 작전 지역 안에 있다."

"너는 지금 내 총구 앞에 있다."

북한군이 지지 않고 되쏘는 말도 영국군에게 전했다.

"총소리가 나면 내 동료들이 몰려온다."

"총알이 빠르간 사람이 빠르간?"

"총알은 빨라도 너는 빠르지 않다."

"종간나 새끼 허풍은. 보란 듯이 죽여 주갔어."

"나를 죽이면 이 아이도 죽는다."

"총알 한 방 아끼겠구만."

식은땀이 났다. 둘 중에 어느 하나라도 방아쇠를 당기면 나는 죽겠구나 싶었다. 동시에 묘한 안도감도 들었다. 둘 중 누구도 함부로 총을 쏠 수 없는 상황이었다.

뚜르르르.

아슬아슬한 대치 상황에 끼어든 건 두루미 소리였다. 울음소리가 우렁차 십 리까지 들리는 두루미 소리치고는 작고 가냘팠다. 두루미는 아까부터 달아나려 애쓰고 있었나 보다. 두루미 주변에 떨어진 깃털이 꽤 되었다.

푸드덕푸드덕, 오르다 주저앉고 오르다 주저앉기를 반복했다. 결국 몸을 축 늘어뜨리고 고개를 땅에 떨구었다. 물이 필요했다. 두루미에게 물을 주어야 했다. 어찌할 바를 몰라 안절부절못하며 북한군과 영국군을 번갈아 보았다. 안타까

운 마음에 나도 모르게 소리쳤다.

"물! 물 좀 주세요!"

영국군과 북한군은 아무 말도 없이 두루미와 나와 자신의 적을 번갈아 바라보았다. 몇 시간 같은 몇 초가 지났다.

"이거이."

"테이크 디스."

동시에 수통 두 개가 날아왔다. 먼저 영국군 수통을 집어들었다. 그 옆 북한군 수통도 챙겼다. 나는 두루미에게 물을 주었다.

"어떠네?"

북한군이 여전히 영국군에게 총을 겨눈 채 퉁명스럽게 물었다.

"겉보기엔 괜찮아 보이는데 잘 모르겠어요."

"눈을 먼저 살펴봐."

영국군이 나를 겨눈 채 북한군을 주시하며 말했다. 영국군 말대로 두루미 눈을 살펴보았다.

"어, 이상해요. 두루미가 덜덜 떨기 시작했어요."

두루미는 눈을 반쯤 감은 채였다. 날개 끝 검은 깃털들이 파르르 떨리고 있었다. 나는 두루미가 잘못될까 봐 겁이 났다. 영국군과 눈이 마주쳤다. 여전히 나를 겨누고 있었지만 노려보는 눈빛은 아니었다. 총구가 잠시 흔들리더니 목표를 잃고 아래를 향했다.

"내가 볼게."

영국군이 총을 내려놓고 북한군을 쳐다보았다. 왠지 용감해 보였다. 생각보다 손쉽게 포로를 얻은 북한군은 영국군 총을 챙겨 들었다. 영국군이 성큼성큼 다가왔다. 영국군은 두루미를 조심스럽게 살펴보더니 윗옷을 벗어 덮어주었다. 그러고는 배낭에서 건빵을 꺼내 우물우물 씹어 두루미에게 주었다. 씨레이션[18] 깡통도 하나 따서 앞에 놓았다. 영국군은 나와 북한군을 번갈아 보며 두루미 상태에 대해 말했다.

"철새들이 장거리를 이동하다 보면 지쳐서 이렇게 떨어지는 경우가 많대요."

"탈수라는 거이 아니네?"

"네. 한두 시간이면 괜찮아진대요. 다시 날 수 있대요."

"똥 싸는 것만 기다리면 되갔구만."

"어? 어떻게 알아요? 두루미가 여행 떠나기 전 똥 누는 거?"

---

18) **씨레이션** 군 휴대 식량. 통조림 또는 비닐 팩으로 포장되어 있다.

"두루미를 한두 번 보네? 자! 날래 나오라우. 빤히 쳐다보고 있으면 두루미가 편하간?"

북한군의 포로가 된 나와 영국군은 자리에서 일어났다. 날은 어두워졌고, 탐조등 불빛이 여기저기 비추기 시작했다. 영국군은 밤마다 탐조등을 밝히고 임진강 주변을 감시하고 있었다. 작년 말처럼 엄청난 수의 중공군이 임진강 북쪽으로 모이고 있다고 어른들이 속삭였다. 어머니는 세 번째 피란길을 나서야 하는지 걱정했다.

"앗!"

탐조등이 휘저어 놓은 마음 때문이었을까. 나는 그만 돌부리에 걸려 넘어졌다. 북한군이 반사적으로 내게 총구를 옮겼다.

"날래 일어나라우!"

영국군은 그 순간을 놓치지 않았다.

"간나 새끼."

도망가는 영국군을 쫓아 북한군이 달리기 시작했다. 총을 의식한 영국군은 비탈길을 벗어나 나무 사이로 달려 나갔다.

'도망가려면 지금이야.'

나는 아픈 다리를 감싸 쥐고 생각했다. 갈팡질팡하는 사이 영국군은 곧 북한군에 따라잡혔다. 북한군은 '붕'하고 몸을 날려 영국군 뒤를 덮쳤다. 영국군이 앞으로 고꾸라져 데구루루 굴렀다. 북한군은 재깍 일어나 총을 겨누었다. 그러다 갑자기 총을 겨누다 말고 북한군이 영국군 쪽으로 달려 나갔다. 데구루루 구르던 영국군 옷을 홱 잡아채 자기 쪽으로 끌어당겼다. 앞은 바위 절벽이었다.

"생포해야 진급이 빠르디."

북한군은 들으라는 듯 혼잣말을 하며 영국군과 나를 바위 뒤로 끌고 갔다. 영국군과 나는 바닥에 나란히 앉았다. 맞은 편에 앉은 북한군은 자기 총과 영국군 총을 나란히 내려놓았지만, 총구는 여전히 우리를 향하고 있었다.

꼬르륵꼬르륵, 저녁을 거른 내 배가 울었다.

"허튼짓하면 가만 안 두갔어."

배낭을 뒤적이는 영국군을 향해 북한군이 험악해졌다. 생채기가 난 얼굴로 영국군은 내게 씨레이션 하나를 건넸다. 북한군을 향해서도 씨레이션을 들어 올리며 턱짓을 했다. 북한군은 마지못해 받는다는 듯 손을 까닥까닥하며 던지라는 시늉을 했다. 그 너머로 반달처럼 굽어 흐르는 임진강이 보였다. 강물이 달빛에 반짝거렸다.

"너는 어드렇게 영국군한테 잡힌 거네?"

북한군이 씨레이션을 먹으며 물었다.

"두루미를 보러 왔다가요. 꼭 달이 떨어지는 것 같았어요."

"진심이네? 너도야 정신머리 없구나야. 난리 통에 두루미를 보러 여기까지 오네?"

북한군 얼굴에 설핏 웃음이 지나갔다. 지나가는 웃음 꼬리를 잡은 영국군 얼굴에도 순간 웃음이 스쳤다. 북한군과 내가 나눈 얘기를 들은 영국군 눈빛이 반짝거렸다.

"나도. 나도 두루미 보고 왔어."

북한군과 나는 깜짝 놀라 먹는 것도 멈추고 영국군을 바라보았다.

"내 고향 글로스터셔[19]에도 꼭 임진강 같은 강이 흘러. 어릴 적 그 강가에서 딱 한 번 두루미를 보았어. 붉은 머리에 회색빛이 나는 두루미였어. 큰 날개를 펴고 하늘을 나는데 엄청 멋있더라고. 벌목선이 오가고 전쟁이 벌어지고 나선 통 찾아오지 않더라. 여기서 두루미를 보다니……"

---

19) **글로스터셔** 영국 잉글랜드 남서부의 주. 한국 전쟁 때에 부대를 파견하였다.

"쉿!"

갑자기 북한군이 동작을 멈췄다. 탐조등이 숨죽이고 스쳐 지나갔다. 나도 덩달아 귀를 기울였다. 멀리서 두런두런 말소리가 들렸다. 북한군은 우리를 바위 안쪽으로 몰았다. 소리는 점점 가까워졌다. 국군 두 명이었다.

"사소한 것이라도 놓치지 말고 잘 살펴봐."

"네. 알겠습니다. 그런데 설마 여기까지 정찰 나오겠습니까?"

"좀 전에 2소대 애들이 잡은 건 뭐야. 북한군이 중공군 길을 안내한다지 않나. 밤이 되면 적의 정찰병들이 여기까지 오는 것이 분명하다."

"우리 쪽 간첩도 있다고 생각하십니까?"

"영국군하고 국군 경계를 기가 막히게 타고 돌아다니니 간첩 아니면 정찰병이겠지. 이 시간에, 게다가 이런 곳에 민간인이 있겠어?"

가슴이 벌렁벌렁 뛰었다. 지금 난 딱 북한군 간첩이었다. 북한군이 내 입을 틀어막고 있는 게 다행이라 생각했다. 엉겁결에 같이 숨긴 했지만, 국군이라는 것을 알았을 때 '여기요.'라고 소리칠 뻔했으니까. 국군 인기척이 점점 가까워졌

다. 북한군이 영국군 옆구리에 총구를 더욱 깊숙이 들이밀었
다. 그 바람에 영국군 배낭에서 씨레이션 깡통이 요란한 소
리를 내며 굴러떨어졌다. 구르는 깡통을 잡아보려다 북한군
이 챙겼던 영국군의 총이 떨어지며 털썩 소리가 났다.

철컥철컥, 국군의 총이 장전되었다. 주위가 갑자기 조용해
졌다. 머리 위로 탐조등 불빛이 훑고 지나가고 있었다. 타닥
타닥 나무 밟히는 소리가 다가왔다. 내 심장 소리는 왜 이리
큰지 들킬 것만 같았다. 꼴깍하고 침 넘기는 것도 무서웠다.
떨어진 영국군 총을 영국군과 북한군이 동시에 잡았다. 북한
군이 눈에 불을 켜고 영국군을 노려보고 있었다.

쉿! 영국군은 소리 없이 손가락을 입에 댔다. 그러고는 북
한군에게 손바닥을 아래로 두어 번 천천히 내렸다. 안심하라
는 뜻인 듯했다.

"웨이트."

"꼼짝 마! 움직이면 쏜다. 손들어."

국군이 연달아 명령을 쏟아냈다. 영국군이 한 손으로는 자
기 바지춤을 잡아 올리는 시늉을 하며, 다른 한 손으로는 제
총을 머리 위로 들어 올린 채 바위 앞으로 나아갔다. 아, 나는

이제 꼼짝없이 간첩 누명을 쓰겠구나. 불쌍한 북한군, 너도 이제 포로다. 우리 둘은 바위 뒤에 납작 엎드린 채로 얼어붙었다.

영국군 말이 들리고 곧이어 국군 말이 들렸다.

"뭐라고? 무슨 헛소리야. 이 정신 나간 소리를 믿으라고? 김 이병 저 뒤쪽에 두루미 있는지 확인해."

"분대장님, 여기 두루미가 있습니다. 영국군 외투도 있습니다."

"다 확인해 봤나?"

"두루미가 진짜 씨레이션을 먹었나 봅니다. 어? 똥 싸고 있습니다."

"두루미를 보려고 여기까지 와? 전쟁 통에 두루미 씨랑 마주 앉아 씨레이션도 같이 먹었다? 나 원 참. 복귀!"

두루미는 날아갈 준비를 하고 있었다. 달빛을 받은 두루미는 더욱 하얗게 빛났다. 새하얀 날개를 펼치고 퍼덕퍼덕 날갯짓을 시작했다. 두루미는 달빛을 뿌리며 하늘 위로 날아오르고 있었다. 나는 날아오른 두루미를 쫓아 숨이 찰 때까지 달리고 싶었다. 두루미와 함께 멀리멀리 날아가고 싶었다. 달빛 두루미가 큰 날개를 퍼덕이며 들판을 지나 임진강 위를 날아가고 있었다.

어느새 북한군도 영국군도 내 옆에 서 있었다. 총구는 모두 아래를 향하고 있었다.

"두루미를 살리자고 총을 내려놓네?"

"절벽으로 떨어지게 두지, 총 내려놓고 나를 살린 건 누구였더라?"

두 군인의 얼굴이 달빛에 환하게 빛났다.

"정찰 중에 두루미를 보고 여기까지 온 거이 헛일은 아니네. 내래 송일문이야."

"나는 강월치."

"프라이빗 달. 프라이빗 토마스 달."

우리는 비밀을 간직한 눈들을 하고 서로 짧은 웃음을 나눴다. 두루미가 날아간 방향으로 일문이 형이 사라졌다. 일병 토마스 달도 영국군 참호를 향해 사라졌다. 어머니 보리죽은 부뚜막 위에 한 대접 남아 있을 것이다. 나도 집을 향해 서둘렀다.

달빛 박꽃

이소향

들꽃이 아름답고, 어린이의 웃음소리가 마냥 듣기 좋은
이 마음을 오래도록 간직하고 싶습니다.

달빛 박꽃

글 **이소향** | 그림 **김유성**

"두두두두, 인민군! 물러가라, 인민군! 호범이 형은 북한에서 온 공산당이래요."

심술궂게 치켜뜬 눈에 삿대질까지 하면서 사촌 동생 기오가 아침 댓바람부터 공산당 타령입니다.

"그만두지 못 하겠어?"

듣고 있던 호범이가 주먹을 꽉 쥐었습니다.

"쳇, 그래도 공산당 소리는 듣기 싫은가 봐? 형아는 저기 북한군들 천지인 평양에서 왔으니 인민군이 맞잖아. 뭐야? 그 주먹으로 지금 나 때리려고? 때려 봐, 어디 때려 봐. 은혜를 원수로 갚아 보든가. 피란 와서 여태껏 우리 집에서 거지처럼 밥만 얻어먹고 살면서."

기오가 호범이의 꽉 쥔 주먹 밑으로 까까머리를 들이밀며 억지를 피웁니다.

"아이고 기오야! 사촌 형한테 그런 말 하믄 못쓴다."

할머니가 대나무 소쿠리에 감자를 담아 오다 손사래를 칩니다.

"호범아, 네 외삼촌인 기오 아버지가 인민군에 끌려가 매질을 당해 원통하게 세상을 떠나지 않았니. 그러니 기오 어미랑 기오가 너에게 저러나 보다."

기오 아버지를 먼저 보낸 할머니는 전쟁 때문인데도 아들 앞세운 죄인이라며 소처럼 일만 하십니다.

"아이고, 평양에 있는 네 어미가 너 보고 싶어서 앓아눕지는 않았을는지. 몸도 약한 호영이 데리고 먹을 거는 어찌하는지."

할머니의 저고리 옷고름은 젖은 눈물 때문인지 많이도 닳았습니다. 할머니가 연신 눈가를 훔치며 감자를 까서 호범이 손에 쥐어줍니다. 호범이는 배가 고팠지만 감자는 큰 돌 마냥 목으로 넘어가지 않습니다.

"할마님! 전쟁 끝나믄 오마니가 파주로 친정 나들이 꼭 온다고 하셨으니까네, 내래 여기서 식구들 기다리고 있으믄 되 갔지요? 누이 데꼬 오마니가 머지않아 오시갔지요?"

할머니가 들썩이는 호범이 어깨를 꼭 안아주었습니다.

그날 밤, 호범이가 할머니 옆에 누웠습니다. 건넌방에선 기 오가 엄마에게 투정을 부렸다가 이내 '아하하!' 하고 웃어대 는 그립고도 정다운 소리가 들려옵니다.

눈을 꼭 감아봅니다. 이른 새벽 길쌈 마치신 어머니가 보 리밥을 짓습니다. 씁쌀한 머윗대랑 고구마 순 나물을 곱게도 무치셨습니다. 누이 호영이까지 둘러앉아 입속 가득 넣고 오 물거리면 그 모습이 우스워 서로 참 많이도 웃었더랬지요. 할머니가 들으실까 호범이는 조용히 울음을 삼켰습니다.

며칠 후, 해 질 녘에 쓰름매미가 힘차게 울어댔습니다. 전 쟁이 끝나 남녘과 북녘이 영영 갈라진다고 마을 사람들이 수 군댔습니다. 호범이네 텃밭에 보랏빛 가지가 영글고 춤추는 옥수수꽃 위로 벌들이 꿀을 바지런히 모으던 몇 해 전 여름 에 시작된 전쟁이었습니다. 몇 번의 무더위가 지난 후 북녘 과 남녘으로 땅을 가르고 나서야 서로에게 겨눈 총부리를 내려놓은 모양입니다.

"호범이 형아, 나랑 땅따먹기 하자."

기오가 오늘도 같이 놀자고 호범이 바짓가랑이를 잡아당깁니다.

"일없다. 내 바지 그만 당기라우. 기카다 내 바지 벗겨지갓단 말이야."

"하자아! 우리 집에 와서 도대체 형아가 하는 게 뭐야. 나랑 놀아 주기라도 해야지. 엄마, 엄마! 호범이 형아가 나랑 안 놀아……. 어푸푸."

호범이 기오의 입을 얼른 틀어막습니다.

"알갓다. 알았어. 하믄 되지 안캇어."

기오의 큰 입이 헤벌쭉 벌어집니다. 얄미운 고 입안에 양손을 넣어서 옆으로 쫙 찢어봤으면 세상 속이 후련하지 싶습니다.

호범과 기오가 흙바닥에 선을 그어 크고 긴 땅을 그립니다. 손 뼘으로 그 안에 동그란 집도 그렸습니다. 말로 쓸 사금파리를 찾으니 준비가 얼추 다 되었습니다.

"형네 고향은 어떤지 몰라도 파주에 왔으니 여기 식대로 해야 해. 자기 집 안에 말을 두고 손가락으로 한번 튕기지. 튕긴 만큼 꼬챙이로 선을 긋고 또 한 번 튕겨 선을 긋고 그러다 세 번째 튕겨 자기 집으로 돌아오면 그린 만큼 땅을 차지하는 걸로 한다."

기오는 침을 튀겨 가며 열심입니다.

"전쟁 준비 완료! 이제 하자고. 짱 껨 보! 앗싸! 내가 이겼다! 크크크, 선제공격이다. 얏!"

기오가 엄지로 사금파리를 두 번 튕겼습니다. 욕심이 지나쳐 너무 멀리 가 버린 기오의 말은 세 번째에 집으로 돌아오기가 영 어려워 보입니다.

"아, 아까워라."

기오의 사금파리는 집으로 돌아오지 못했습니다. 기오가 몹시도 실망한 눈치입니다.

"자, 이제 내 차례디?"

기다리고 있던 호범이 사금파리 말을 두 번 튕겼습니다. 쭉 멀리도 가서 엄청난 크기의 땅이 생길 찰나입니다. 기오가 은근히 부러워하는 눈치입니다. 그 모습을 보니 왠지 꼭 저 땅을 다 차지해서 기오 코를 납작하게 해주고 싶습니다.

"네가 만날 인민군이라고 놀리던 이 형님을 잘 보라우."

기오한테 큰소리를 치고 나니 오마니가 지펴 주신 군불 앞에서 누이동생이랑 먹던 누룽지보다 더 고소한 맛입니다.

"내 집 북쪽 땅은 원래 내 것이고, 네 집 쪽 거기 땅도 조만간 다 내 것이 될 테니까네 두 눈 똑바로 뜨고 잘 지켜보라우."

팅!

세 번째 팅긴 사금파리가 먼지를 일으키며 정확하게 호범이의 집으로 돌아왔습니다. 이후로도 전장을 누비는 군인의 승리 깃발처럼 호범의 사금파리는 땅을 많이도 차지합니다.

"순 날강도! 우리 아버지 목숨도 뺏어 가고 오늘은 내 땅도 다 뺏어 갔어!"

참다못한 기오가 콧구멍을 벌렁거리며 호범의 사금파리를 내동댕이쳤습니다.

"이 보라우! 내가 다 차지해 놓은 땅인데……. 날강도? 고저 내래 메아지20) 같은 네 말버릇을 오늘 꼭 고쳐 주갔어!"

이번엔 호범도 지지 않고 기오의 멱살을 잡았습니다.

"으어어, 이거 놓으라고! 놓으란 말이야. 엄마, 엄마! 나 죽어요."

그 순간 호범이 아차 싶었습니다. 기오라면 꼼짝 못 하는

---

20) 메아지 '망아지'의 평안도 방언.

외숙모가 알면 불호령이 떨어질 것이니까요. 때마침 기오의 어머니가 빨랫대야를 머리에 이고 마당으로 들어섰습니다.

"엄마, 엄마! 호범이 형아가 나보고 메아지라고 이상한 북한 말을 하면서 멱살을 잡아서……."

기오는 어머니를 보자 아예 목을 잡고 쓰러지는 시늉까지 합니다.

"으윽, 엄마……."

"호범이, 너 이놈 새끼!"

화가 난 외숙모가 백두산 호랑이보다 더 무서워 호범이는 오줌까지 지릴 뻔했습니다.

"내가 기오 고모를 생각해서 지금껏 먹여 주고 입혀 줬는데, 인민군 소굴에서 와서 착하고 어린 우리 기오 멱살까지 잡아? 아이고, 이렇게 우린 당하기만 하고 사는데 불쌍한 기오랑 나는 어찌 살라고 기오 아버지는 그리 먼저 가셨소. 어머님은 이런 것도 손자라고 거두시다니. 아이고, 아이고!"

"외숙모님, 내래 잘못했습네다. 날강도란 말에 저도 모르게 그만……. 그러니 이번 한 번만 용서해 주시라요. 그러면 저도……."

호범이가 연신 고개를 숙이며 외숙모와 기오 앞에 무릎을

꿇었습니다. 기오 어머니가 빨래터에서 쓰던 방망이를 손에 쥡니다.

딱!

호범이의 머리에서 끈적한 것이 흘러 꿇어앉은 무릎 위로 떨어집니다. 뺨 위로 흐르는 눈물은 어째 멈출 생각이 없는 듯합니다. 기오의 겁먹은 눈동자가 호범이의 눈과 마주칩니다. 멈칫하던 기오가 머리를 긁적이며 뒷마당 쪽으로 뒷걸음질 칩니다. 다리에 힘이 풀렸는지 가다가 몇 번이나 넘어집니다. 외숙모도 빨래 따리로 쓰던 수건을 호범이에게 무심히 던져 주고는 부엌으로 서둘러 들어갔습니다.

달빛도 환한 그날 밤에 호범이는 할머니 옆에서도 잠이 오지 않았습니다. 호범이 뒷마당 장독대로 슬며시 나와 앉아 있으니 눈물이 왈칵 쏟아집니다. 입술을 꽉 깨물고 흐느껴 울고 나서도 가슴은 여전히 아릿합니다. 젖은 소매로 콧물을 훔치고 올려다본 외양간 지붕 위에 고향 집처럼 박꽃이 피어 있습니다. 송이송이 달밤에 피어나는 소박한 박꽃이 하나는 어머니 같고 하나는 누이 얼굴 같습니다. 어머니와 어린 누이가 애틋해 머리에 난 상처도 아픈 줄 모르겠습니다.

"범이 혀엉, 아까 나 때문에 많이 아팠지? 그러려고 이른 건 아닌데…… . 진짜 미안해."

기오가 모락모락 김이 나는 감자를 뒤춤에서 슬며시 내밀었습니다. 목에 핏대를 세우며 엄마 뒤에 숨어 거들먹거리던 녀석의 모습은 온데간데없습니다.

'따곱재이[21] 같은 녀석이 갑자기 왜 이카는 거지? 아주 뻔뻔한 놈이구나야.'

꼬르륵.

호범은 배 아프다고 저녁도 안 먹은 터라 토실한 감자가 꽤 먹음직스러워 보였습니다.

"배 터지게 너나 먹으라우. 그래야 네가 싫어하는 북한군을 다 쳐부수지 안캤니?"

침을 꼴깍 삼키고 퉁명스럽게 내뱉는 말이 기오 마음을 아프게 했으면 좋겠습니다.

"형, 먹어 봐. 내가 형 주려고 엄마 몰래 아궁이에 넣어 둔 거야."

기오가 기웃대다 호범이 두 손에 감자를 얼른 쥐여 줍니다.

---

21) **따곱재이** '깍쟁이'의 함경남도 방언.

'그러고 보니 요 녀석이 북녘 내 누이랑 같은 나이갓구나.'

달빛 박꽃 아래에서는 멀겋게 서 있는 까까머리 기오조차 선뜻 귀엽습니다.

호범과 기오는 나란히 쪼그려 앉아 따스한 감자를 나눠 먹었습니다.

"형, 아까 어머니랑 동생이 보고 싶어서 울었어? 아니면 머리에 피나서 울었어?"

"너, 내래 우는 거 다 훔쳐본 모양이디?"

"형아, 있잖아. 내가 땅 많이 차지해서 형아 이기면 완전 쌤통일 줄 알았는데, 형이 우니까 이상하게 나도 눈물이 나고 미안한 마음이 들었어."

호범이가 기오의 까맣고 조그만 손을 꼭 잡아 봅니다.

"기오야. 저 지붕 위에 달린 박들도 지금 우리처럼 서로 손잡고 있는 것 같지 않네?"

"그러게. 어젯밤엔 박 넝쿨들이 자기가 더 힘세다고 싸우는 것처럼 보이더니 오늘은 이상하게 사이가 좋아 보인다."

"하물며 우리는 피를 나눈 사촌 형제니 더는 싸우지 않는 게 좋캈디? 지붕 위 박들도 저렇듯 사이가 좋은데 말이디."

"우리도 기캅시다, 형아 동무!"

기오가 호범이를 보며 활짝 웃습니다.

"고 녀석, 말투가 우리 고향 사람이래도 믿갓는데."

"혜혜 형아, 우리 앞으로도 싸우지 말고 지금처럼 사이좋게 살자우."

외양간 지붕 위에 달님 같은 박이 호범이와 기오를 보고 미소 지었습니다. 북녘땅 호범이네 외양간 지붕 위에도 남녘땅 기오네 지붕 위에도 달빛 누런 박이 둥싯둥싯 열려 있습니다. 오늘 밤 뒷마당 장독대엔 구수한 감자 냄새가 그득합니다.

오마니

옹달샘에 담가 두신
이도 시려 올 참외를
오마니 곁에서 먹고 싶습네다.

제가 보고 있는 저 달을
거기서도 보고 계십네까?

전쟁에 쫓겨 가디 않았다믄
해 주신 보리밥 나물 반찬에도 배가 부르고
지펴 주신 군불에서
누룽지 오도독
한입 가득 오물거렸을 겁니다.

오마니
이 밤
둥글게 훤하게
북쪽에도 달이 떴습메까?

외양간 박 넝쿨 위로
누이와 오마니 닮은
하얀 박꽃 같은 달이
오늘도
저의 마음에 뜨고 집네.

구두닦이
두칠이

양태은

세상사에서 벗어나 동심을 그리워하다가
역사의 무게 속에서 허덕이고 있습니다.

구두닦이 두칠이

글 **양태은** | 그림 **백현영**

청계천 밤하늘에 눈발이 점점 굵어진다. 불빛 하나 없는 판자촌에 적막이 내려앉는다. 온 세상 소란이 사그라지는 듯하다. 고요함에 젖어 하늘 높이 두 손을 뻗어 본다. 그 사이 두칠이는 또 얼마나 컸을까. 밤이 깊어 가니 그 녀석도 제집으로 오는 길이겠지.

쿵, 쿵, 쾅, 쾅.

어디서 들려오는 소리일까. 오늘 아침 파주 집을 나섰는데 설마 그새 무슨 일이 생기진 않았겠지. 전쟁이 시작된 지도 일 년하고도 반년이 지났는데 38도선 접경에는 여전히 전투가 한창이다. 이제는 포성만 들려도 몸서리난다. 발걸음을 서둘러야겠다.

두칠이의 판잣집은 바깥보다 더 싸늘하다. 버려진 상자 쪼가리로 얼기설기 틈새를 가렸지만 벽으로 스며드는 냉기는 막을 도리가 없다. 고집쟁이 녀석. 이 추운 곳에서 두칠이 혼자 새우잠을 잤을 거라고 생각하니 마음이 짠하다.

벽돌 正正下

석 달 만에 와 보니 누런 벽에 처음 보는 글자가 또렷하다. 구두약으로 몇 번을 쓰고 그 위에 쇠꼬챙이로 긁어 새긴 글자다. 어르고 달래며 업어 키운 동생이지만 두칠이의 속은 알 수가 없다. 벽돌이라도 사려는 건가? '바를 정(正)'자의 획을 하나씩 써 나간 저 낙서는 뭐지? 열세 살의 나이에 홀로 서울로 떠나며 돈 많이 벌면 다 같이 미국 가서 살자던 녀석이 설마 벽돌 살 돈을 헤아리는 건 아니겠지. 금덩이라면 모를까. 그런데 벌써 자정이 넘었는데 두칠이는 왜 아직 안 오는 거지?

까아악, 깍.

깜박 잠이 들었나 보다. 아침부터 재수 없게 웬 까마귀 소리람. 지난밤에 두칠이는 집에 안 돌아온 건가? 도대체 무슨 일이지? 이번에는 꼭 파주로 데려가야 할 텐데. 부지런한 녀석이라 벌써 일을 나갔을지도 모르겠다. 어라, 이제 보니 카우보이모자를 집에 두고 갔군. 이걸 두고 나가다니 웬일이지? 아무래도 두칠이를 찾아 나서는 게 좋겠다. 매일 아침 남대문 시장 김 씨 아저씨에게 간다고 했으니 거기로 가 보자.

청계천 개울가의 아침 바람이 유난히 매섭다. 이미 폐허가 된 남대문 시장도 스산하기는 마찬가지다. 원래의 시장 건물 대신 너덜거리는 천막들이 손님을 기다리고 있었다. 유엔의 군수품을 몰래 빼돌려 판다는 김 씨 아저씨는 의외로 수더분하게 생긴 사람이었다.

"두칠이? 며칠 전부터 못 봤는데……. 분명히 친구들하고 함께 있을 거야. 걱정하지 말게. 참, 이건 두칠이가 몇 달 전부터 구해 달라던 호주 군모일세. 카우보이모자 대신 이걸 써야 한다나 뭐라나."

김 씨 아저씨는 두칠이에게 전해 달라며 모자를 건넸다. 모자값은 나중에 받겠다고 했다. 호주 군인의 사파리 모자! 맞다. 그때 우리를 구해 주었던 종군 기자도 이렇게 한쪽 챙을 말아 올린 사파리 모자를 썼었지. 두칠이는 그 일을 잊지 않고 있었던 거다.

"스톱! 레트 뎀 프리!"

그때는 그게 무슨 말인지 몰랐다. 마을이 국군에 수복되었을 때였다. 마을 사람들은 우리 가족이 빨갱이라며 수군거렸다. 아버지가 인민군에게 강제로 끌려갔는데도 빨갱이로 몰린 거다. 갑자기 들이닥친 읍내 경찰들이 우리 가족을 모두 묶어가던 그 날. 우리는 꼼짝없이 죽는다고 생각했다. 새로 파놓은 죽음의 구덩이 앞에서 두건이 씌워졌을 때였다. 두건의 실 가닥 사이로 나도 분명히 호주 종군 기자의 사파리 모자를 봤다. 카메라 가방을 둘러메고 있던 그는 소총으로 경찰 간부의 머리를 겨누며 외쳤다. '스톱! 레트 뎀 프리!'라고. 그때 그 기억이 두칠이에게는 사파리 모자로 새겨졌나 보다.

"아! 카우보이모자를 야무지게 쓰고 구두 통을 메고 다니던 애죠? 걔랑 서넛이 같이 다니던데……. 아마 미군 피엑스[22] (PX) 뒤에 가면 있을 걸요."

"그래. 구둣솔을 잘 돌리던 놈이잖아. 어느 미군 부대에서

---

22) **피엑스** 군부대 기지 내의 매점. 한국 전쟁 당시에 명동에 위치한 동화백화점 건물이 미군 피엑스로 쓰였다.

물도 길어 나른다고 했지. 듬직한 녀석이야."

옆에 있던 상인들도 한마디씩 거들었다. 생각해 보니 군인들에게 끌려갔다가 구덩이 앞에서 목숨을 건진 날부터 두칠이는 뭔가 달라졌다. 몸을 묶었던 새끼줄이 풀리고 두건이 벗겨지자 어머니는 모래성에 물을 붓듯 무너졌었지. 어린 줄만 알았던 두칠이가 어머니를 위로하는 걸 보며 깜짝 놀랐던 기억이 난다. 그러니 내게는 공부하라며 제가 돈을 벌겠다고 했겠지. 그런데 어제는 무슨 일로 집에 안 들어온 걸까? 같이 구두를 닦던 친구들하고 함께 있을지 모르니 미군 피엑스 근처에 가 보자. 피엑스는 예전의 동화백화점 자리라고 했었는데.

"카우보이 두칠이유? 왜 그러신대유?"

"아, 두칠이 형 되시는 두식이 형님이시라고요? 갸는 사나흘 전부터 안 나왔습네다."

"요즘 안 보여서 미국 간 줄 알았는데. 아닌가 봐요?"

명동 뒷골목에서 만난 세 명의 소년이 오히려 내게 질문을 쏟아 냈다. 두칠이가 며칠 동안 일을 안 나왔다니 혹시 행방불명이라도 되었단 말인가? 가슴이 덜컹 내려앉았다.

"두칠이가 황금 벽돌을 두고 가긴 어딜 가갔어? 내래 파주 집에 간 줄 알았디. 근데 파주에서 오셨다 그랬디요? 그럼 두칠이는 어딜 갔습네까?"

역시 그 녀석을 혼자 두는 게 아니었는데. 어쩌지? 정신이 아득해진다. 잠깐, 조금 전에 황금 벽돌이라고 그랬지. 벽돌이라면 두칠이가 판자벽에 써 놓았던 그 벽돌을 말하는 건가? 애지중지 갖고 싶어 했던 게 황금 벽돌이라고? 혹시 그것 때문에 사라진 건 아닐까?

"아하, 황금 벽돌은 카메라예요. 저기 보세요. 저기 황금색 가죽집 속에 들어 있는 카메라 말이에요. 저 카메라 별명이 벽돌이거든요. 두칠이는 기자가 될 거라면서 저걸 꼭 사겠다고 별렀어요."

소년들이 가리키는 대로 피엑스 창문에 얼굴을 대고 들여다보았다. 진열대 위에는 반짝이는 갈색 소가죽에 싸인 새까만 카메라가 놓여 있었다. 그럼, 저 황금 벽돌하고 두칠이의 행방불명은 아무 상관이 없지 않은가. 두칠이가 기자가 되고 싶어 했다고? 그렇다면 두칠이는 대체 어딜 간 거야?

"갸가 요즘 아주 바쁜 것 같기는 했슈. 그러고 보니 사흘 전에 중앙청 앞에서 몽군이랑 어딜 가는 것 같던디. 그쟈, 몽군아? 너랑 같이 있었쟈?"

"야! 정신 차리라우. 몽군이가 어딨네? 갸도 몇 날 안 나왔는데. 한 사나흘 됐나?"

"맞아. 몽군이도 같이 일을 안 나왔어."

나는 소년들의 안내를 받으며 몽군이의 집으로 향했다.

뜻밖에도 몽군이는 집에 있었다. 오늘 아침 청계천 개울가에 쓰러져 있는 몽군이를 이웃이 발견해 집으로 데려다 주었다는 것이다. 이마에 퍼런 멍이 든 그는 방구석에 앉아 멍하니 천장을 쳐다보고 있었다.

"어쩐대. 우리 몽군이가 전쟁 통에 가끔 저래요. 두칠이가 없어졌다고요? 몽군아! 너, 어제 두칠이랑 어딜 갔었어? 맨날 붙어 다녔잖아! 어서 생각 좀 해 봐."

몽군이의 어머니가 몽군이를 재촉했다. 눈앞에 포탄이 떨어지는 걸 본 뒤부터 가끔 전날 일을 잊어버린다는 것이다. 두칠이의 행방불명 소식에 몽군이는 매우 당황했다.

"모, 모르겠어요. 어제도 분명 나랑 있었던 것 같은데…….
생각이 안 나요."

울상을 짓는 몽군이를 달래서 기억을 되살려 보려고 했지만, 계속 모른다는 말을 반복했다. 할 수 없이 나는 몽군이와 길을 나서기로 했다. 세 소년과 몽군이 어머니께 작별 인사를 하고, 몽군이의 기억을 더듬기 위해 그들이 갔을 법한 장소로 향했다.

얼마나 걸었을까. 중앙청 앞 광장에 이르자 갑자기 몽군이가 멈춰 섰다. 눈앞에는 아이젠하워[23] 장군의 방문을 환영하기 위한 현수막이 걸려 있었다.

"맞아요. 그저께 두칠이가 미군 부대에 잔치가 벌어질 거라고 했어요. 아이젠하워 장군 환영 잔치라 다른 때보다 깡통이랑 밀가루 포대가 많이 나올 거라고."

그랬구나. 그저께까지만 해도 두칠이는 단짝 몽군이와 같이 있었던 거야. 그런데 어제는 무슨 일이 있었지?

"그런데 부대에 갔다가 마클을 봤어요. 마클이 어떤 누나를 막 때리더니 끌고 갔어요."

"뭐야? 그런 일이 있었어? 마클이 누군데?"

몽군의 뜻밖의 말에 나는 그만 소리를 질렀다. 두칠이가 위험한 일에 휩쓸린 건 아닐까 걱정이 되기 시작했다. 이어지는 그의 이야기는 나를 더 걱정스럽게 만들었다.

---

23) **아이젠하워(Eisenhower, Dwight David)** 미국의 제34대 대통령.

"마클이라는 미군이 두칠이의 단골이었단 말이지. 그런데 그 사람이랑 같이 다니던 누나들이 자꾸 없어졌다고? 뭐? 둘이서 그를 미행했단 말이야? 그럼 어제도 두칠이랑 마클의 뒤를 밟았니?"

내 재촉에도 불구하고 몽군은 마클 얘기를 되풀이할 뿐 어제 두칠이와 함께 있었는지, 언제 어디서 헤어졌는지는 끝내 기억해내지 못했다. 아무래도 미군 부대에 가 봐야겠다. 하지만 미군과 얽힌 일이라면 우리 힘만으로는 어려울 것이다. 가는 길에 경찰서에 들러 도움을 청하자.

"그래서?"

몽군이의 이야기를 들은 경찰은 기가 막힌다는 듯이 혀를 끌끌 찼다. 함께 나서서 미군 부대를 한번 살펴봐 달라는 나의 거듭된 부탁에도 그는 꿈쩍도 하지 않았다. 아니, 결국은 의자에 앉더니 아예 다리를 꼬아 책상 위에 올렸다.

"저 어리바리한 녀석의 말을 믿으라고? 그쪽 동생은 어디서 놀고 있겠지. 그 미군 이름이 마클 뭔데? 이름이 정확히 뭐냐고? 몰라? 덩치가 크고 파란 눈에 노랑머리라고? 아니, 미군 중에 그런 사람이 한둘이야? 그게 무슨 증거라는 거야? 어디서 생사람 고생시키려고. 수고비가 따로 들어오는 것도 아니고."

경찰은 도와줄 생각이 없어 보였다. 차라리 두칠이가 알고 지냈다던 미군 부대의 오 씨 아저씨를 찾아가는 게 낫겠다. 분통을 터뜨리는 몽군이를 달래며 나는 발길을 재촉했다.

미군 부대는 전차를 타고 십 분 정도 걸리는 거리에 있었다. 전차에서 내려 몇 걸음을 걷는데 또 몽군이가 멈춰 섰다. 그러더니 갑자기 몸을 벌벌 떨며 말했다.

"마, 마, 마클······."

몽군이가 길 건너편의 미군을 쳐다보며 중얼거렸다. 마클이라고? 진짜 나쁜 놈일지 어떨지는 모르지만 우선 두칠이에 대해 물어보기라도 하자. 단골이라고 했으니 뭔가 단서라도 있을 것이다. 나는 한달음에 길을 건넜다.

"뭐? 뚜치리? 난 그런 놈 몰라."

"그럴 리가? 명동 피엑스 뒤에서 카우보이모자를 쓰고 당신 구두를 닦아 주었던 애를 모른단 말이오? 댁이 자주 찾아갔다고 들었소."

"구두닦이? 내가 왜 구두닦이를 알아야 하는데? 너희 나라에 와서 이만큼 고생하면 됐지, 내가 뭐 때문에 빌어먹을 '국[24]'이랑 알고 지내야 하냐고?"

"빌어먹을 '국'이라니? 이렇게 막말을 해도 되는 거요?
두칠이가 댁의 나쁜 짓을 봤다고 해서 아예 모르는 척하는
거 아니오? 혹시 두칠이에게 해코지라도 한 거 아니오?"

그때 전차가 다가왔다. 전차를 향해 발길을 옮기는 마클을
보며 다급해진 내가 있는 힘껏 그의 팔을 잡아끌었다.

"이게 미쳤나? 너 어디 한번 맞아 볼래?"

마클의 거대한 주먹이 내 얼굴로 날아들었다. 옆에서는 몽
군이의 비명 소리가 들려왔다. 이번에는 명치로 주먹이 날아
들었다. 다음은 가슴을 때리는 시커먼 군홧발. 윽! 이렇게 쓰
러질 수는 없어. 두칠이는 어딘가에서 추위에 떨고 있을 텐
데……

그때였다.

"야, 이 나쁜 놈아!"

"네 놈이 감히 우리 형님을?"

"덤벼, 덤벼! 어서 붙잡아!"

---

24) **국(Gook)** 미국인이 아시아인을 비하하여 지칭하는 말. 한국 전쟁 때 한국인을 멸시하여
부르는 데 사용되었다.

어디선가 소년들의 고함 소리가 들리면서 마클의 발길질이 잠시 멈칫하는 것 같았다. 고개를 들어서 보니 아까 몽군이네 집에서 헤어졌던 두칠이의 친구들이었다. 어디서 나타난 걸까? 갑작스러운 협공에 당황한 마클이 후다닥 자리를 떴다. 나도 재빨리 몸을 추스르고 그를 쫓았다. 저놈을 잡아야 두칠이를 찾을 수 있다. 그를 향해 몸을 날리려는 순간 명치를 찌르는 엄청난 고통에 나는 그만 고꾸라지고 말았다.

"두식이 형님! 괜찮으십네까?"

"뭔 일이래유? 저놈은 누구고유?"

"아니, 미군이 왜 형님을 때린 거죠? 두칠이는 찾으셨어요?"

나는 몽군이에게 들은 이야기를 세 명의 소년들, 이북에서 온 창신이와 충청도 출신 봉필이, 수원 출신 서일이에게 들려주었다. 그들은 나와 헤어진 뒤 따로 두칠이를 찾아다니다 여기까지 왔다고 했다.

"두칠이가 우리를 얼매나 많이 도와줬는지 몰라유. 당연히 같이 찾아야쥬. 지 다리 부러졌을 때도 그 귀한 옥도정기[25]를 구해 주었다니께유. 병원서도 구하기 힘든 건디."

---

25) **옥도정기** 어두운 붉은 갈색으로 소독에 쓰이거나 진통, 소염 따위에 쓰이는 약.

"맞습네다. 울 오마니가 아플 때도 칠면조 다리를 갖다주었습네다."

"두칠이가 없어졌는데 우리가 아니면 누가 나서겠어요?"

우리는 미군 부대 뒷문으로 가서 오 씨 아저씨를 찾았다. 그는 그 부대에 크리스토퍼 마클이라는 사람이 있다고 했다. 그가 어디로 갔는지 알아보겠다며 사무실로 들어간 오 씨 아저씨가 금방 다시 나왔다.

"휴가를 갔다는군. 한창 전쟁 통에 휴가는 무슨……. 저놈들은 범죄를 저지르면 이런 식으로 감추어 놓았다가 미국으로 빼돌린다네."

마클이 그냥 미국으로 돌아간다고? 조사도 안 받고, 벌을 받지도 않고? 자기 나라로 돌아가면 그만이란 말인가? 나는 그때서야 다른 나라의 도움을 받아 전쟁을 치르는 게 어떤 일인지 깨달았다. 집안싸움을 말리겠다고 강도를 끌어들이는 것과 무엇이 다른가.

그렇다면 두칠이는 우리 손으로 찾아야 한다. 누구를 믿고 의지할 곳은 없다. 우리는 둘로 나누어 부대 안팎을 뒤졌다. 나와 창신이는 몽군이를 앞세워 그저께 마클을 보았다는 장소로 향했다.

"어제 두, 두칠이가 저기 서 있었어요. 저기서 까만 상자를 들고 있었는데……."

드디어 몽군이가 어제 일을 생각해 냈다. 부대 뒷골목을 돌아서 나오자마자 그가 폭격에도 살아남은 벽돌 기둥을 가리키며 말했다.

"두칠이가 나보고 집에 가라고 했어요. 가기 싫다고 하고 두칠이를 쫓아갔는데 그만 여기서 넘어졌어요. 그리고 집에 가다가 청계천에서 또 넘어졌던 것 같아요."

벽돌 기둥 주변에는 부서진 돌조각만 나뒹굴 뿐 아무것도 없었다. 흩어지자. 틀림없이 흔적이 있을 거다. 두칠이가 들고 있었다는 까만 상자나 신발 한 짝이라도 떨어져 있을지 모른다.

얼마나 헤맸을까. 겨울 해가 벌써 뉘엿뉘엿 저물고 있었다. 이제는 행인도 다니지 않는다.

"두식이 형님! 여기, 이쪽입네다!"

저 멀리 창신이가 발밑의 건물 잔해를 가리키며 소리쳤다. 달려가 보니 부서진 벽돌과 돌 더미 사이에서 반짝거리는 노란 물건이 눈에 들어왔다. 손가락 두 개보다 약간 큰 원통형의 물체에는 영어가 쓰여 있었다. 영어가 쓰여 있다면 미국 물건일 테고 분명히 비싼 것일 텐데, 이게 왜 여기에 떨어져 있지? 낯선 물건을 본 몽군이의 눈이 순식간에 커졌다.

"이거 필름이에요! 두칠이가 가지고 있던 걸 본 적 있어요."

"두칠이가 필름을 가지고 있었다고? 그럼 두칠이가 사진을 찍었다는 거야?"

"그, 그건……. 내 거야. 내가……."

뒤에서 누군가의 기운 없는 목소리가 들려왔다. 혹시 두칠이? 우리 셋은 동시에 뒤를 향해 몸을 돌렸다. 폭탄에 폐허가 된 허허벌판, 남아 있던 벽돌 벽의 잔해 뒤에서 두칠이가 엉금엉금 기어 나오고 있었다. 나는 달려가 두 팔로 두칠이를 안아 올렸다. 무사했구나, 무사했어!

"형, 그거 내 거야. 내가 마클이 한 짓을 다 찍었어."

"그래그래. 이 고집쟁이 녀석, 무사해서 다행이야. 근데 어딜 다친 거야?"

두칠이는 다리를 심하게 삐어서 걸을 수 없다고 했다. 마클이 묶여 있는 어떤 누나랑 같이 있는 모습을 찍고 도망치다가 넘어졌다는 것이다. 다행히 마클에게는 들키지 않았다고 했다.

우리는 오 씨 아저씨와 다른 친구들이 있는 미군 부대로

향했다. 마침 오 씨 아저씨의 손에는 내가 아침에 받아 온 사파리 모자가 들려 있었다.

"아저씨, 난 이제 카우보이모자 안 쓸 거예요. 난 기자 할 거라고요."

언제 기운을 차렸는지 내 등에 업혀 있던 두칠이가 내려서며 소리쳤다.

"이건 카우보이모자가 아니고, 네가 갖고 싶어 하던 호주 종군 기자 모자야. 이것 봐."

몽군이가 아저씨의 손에서 모자를 낚아채 두칠이에게 건넸다. 두칠이가 활짝 웃으며 두 손으로 사파리 모자를 꾹 눌러썼다. 모두 환호성을 질렀다.

PS 두칠이는 황금 벽돌을 사려고 모으던 돈을 다 털어서 중고 박스 카메라[26]를 샀다고 했다. 그게 몽군이가 보았던 까만 상자라고. 우리는 마클에게 끌려간 아가씨도 찾고, 돈을 모아 필름도 현상했다. 마클은 어찌 되었냐고? 물론 미군 헌병대에게 잡혀갔다. 그 뒤에 어찌 되었는지는 알 수 없지만······.

---

26) **박스 카메라** 상자 형태의 사진기.

개판 오분전

정주아

지금은 오롯이 역사 동화 작가이고 싶어요.
제가 어떤 사람이든 동화 속에서 저를 만나 주세요.

개판 오 분 전

글 **정주아** | 그림 **안요섭**

　어머니, 제가 갑자기 없어져서 놀라셨지요? 일감을 찾겠다며 피란민촌 움막을 나섰던 날로부터 보름이 지났습니다. 제가 군인이 되기 위해 어머니를 속이고 기차를 탔다는 것을 지금쯤은 알고 계실 거예요. 저는 고향에 돌아와 앉아 있어요. 아, 진짜 고향은 아니지만요. 지금 제가 타고 있는 배 이름이 '문산호'예요. 우리 고향 문산을 뜻하는 이름인지는 잘 모르겠지만, 저는 마냥 반갑더라고요.

　이 배가 얼마나 큰지 어머니는 상상도 할 수 없을 거예요. 제가 다니던 학교보다 크다고 하면 믿으시겠어요? 이렇게 큰 배가 끝없는 바다를 미끄러지듯 가로지르는 걸 보고 있자니, 그 위에 서 있는 제가 대단한 사람인 것처럼 으쓱해지기도 했어요.

그렇게 위풍당당했던 문산호는 지금 '장사리[27]' 앞바다에 좌초된 채로 세찬 비바람과 높은 파도에 부서질 듯 흔들리고 있어요. 문이 열리면 맨 먼저 달려 나가겠다고 떠벌리던 녀석도, 집에 가고 싶다며 계속 훌쩍거리던 꼬맹이 녀석도, 지금은 다들 멀미로 고생하고 있습니다. 저도 빈속에 신물이 넘어 오는 것은 어찌할 도리가 없어 벽에 기대어 눈을 감아요.

고향 집 마당에 앉아 하늘을 올려다보고 있다고 생각해 보렵니다, 어머니. 마당에서 보았던 별은 이곳 하늘에서도 보일 테지만, 지금은 세찬 비바람이 천지를 온통 까맣게 가리고 있어요. 초가지붕 우리 집은 널찍한 툇마루가 있었지요. 학교에서 돌아와 책 보따리를 아무렇게나 던져 놓고, 툇마루에 벌러덩 누우면 잠이 솔솔 쏟아졌어요. 한참 단잠에 빠질 때쯤 어머니의 목소리가 들려왔어요.

"하이고, 저 녀석 또 자고 있네. 학교는 놀러 다니는 건지, 당최 공부하는 꼴을 못 본다니까. 다른 일 다 제쳐 두고 공부

---

27) **장사리** 경상북도 영덕군 남정면에 있는 마을. 한국 전쟁 당시 '장사 상륙 작전'이 이루어진 곳이다.

만 하라는 데도 그걸 못하니. 아, 어서 못 일어나?"

어머니 목소리가 더 높아지기 전에 저는 벌떡 일어나서 집을 나섰어요. 들판에 나가면 어김없이 아버지의 둥근 등이 보였지요. 부지런히 일하고 계신 아버지 옆에 슬그머니 서면 아버지는 씩 웃으며 제 어깨를 두드려 주곤 했어요. 저는 아버지를 따라 들이나 산으로 다니는 게 좋았어요. 아버지는 제가 무슨 이야기를 해도 다 들어주셨거든요.

"동수 너랑 있으면 시간 가는 줄을 모르겠구먼. 네 노래를 들으면서 일하면 힘든 줄도 몰러."

호밋자루 고치는 일이라든지 낫을 쓱쓱 갈아 놓는 일이라든지 그런 기술은 제가 더 낫다고 아버지가 인정하셨지요. 어디 그뿐인가요. 노래면 노래, 그림이면 그림, 우스갯소리면 우스갯소리. 못하는 게 없어서 이래 봬도 저, 동무들 사이에서 인기가 꽤 좋았잖아요.

지금에서야 하는 말이지만, 어머니께서 출세하려면 공부를 해야 한다고 말씀하실 때는 머리가 아팠어요. 공부 말고는 뭐든지 자신이 있었는데 하필 출세하려면 공부를 잘해야 한다니요. 재주 많은 사람이 오히려 가난을 못 면한다고 어머니는 걱정하셨어요.

"우리 같이 없이 사는 사람들은 공부를 잘해야 높은 자리 바짓가랑이라도 잡아볼 수 있는 것 아니냐. 장남이 출세해야 집안도 바로 서고, 동희랑 동석이도 건사할 수 있지. 안 그러냐?"

그날도 일요일이라는 핑계로 늘어지게 낮잠을 자고 있었어요. 잠결에 요란한 소리가 들리기에 어머니가 또 화를 내시나 보다, 생각했어요. 정신을 차리고 보니 동네 아저씨가 아버지를 찾는 것이었어요.

"형님, 형님! 전쟁이 났답니다. 북에서 탱크를 몰고 내려오고 있대요."

"또 그러다 말지 않겠는가. 이곳에까지 미치려고."

"1사단 군인한테 들었어요. 이번엔 예사롭지 않다는구먼요. 게다가 여기는 북쪽이 코앞 아닙니까? 벌써 사람들이 버스고 기차고 다 몰려가서 하루를 꼬박 기다려도 한 자리 잡기 어려울 거랍니다."

아저씨가 발걸음을 재촉해서 돌아가고 난 후 한참을 고민하던 아버지가 말씀하셨지요.

"아무래도 심상치 않네. 우선 피하고 보는 것이 낫겠어."

"아이고, 아픈 아이를 데리고 어찌 길을 나선다고 그래요. 가려거든 혼자 가시우."

어머니는 막내와 집에 있겠다고 하셨지만, 아버지는 한사코 말리셨어요.

"대구에 형님뻘 되는 분이 살고 있으니 우선 그곳으로 가 보세. 버스고 기차고 기다리다가는 오히려 더 늦어질지 몰라. 남쪽으로 내려가면서 차편을 알아보기로 하고 일단 걸어 보세."

아버지는 평소와 다르게 눈빛은 매섭고 목소리는 단호하셨지요. 만약 그날 어머니 말씀대로 했더라면, 아버지와 동희를 한강 다리에서 놓치지 않을 수 있었을까요.

서둘러서 피란길에 나선 사람들은 우리 말고도 셀 수 없을 만큼 많아서 까맣게 거리를 뒤덮었어요. 사람들의 끊임없는 행렬에 밀려서 한강 다리를 막 건너려던 참인데 동희가 자꾸만 뒤처졌어요. 제대로 먹지도 쉬지도 못하고 걷기만 했으니 힘에 부치기도 했겠지요. 까딱하다가는 자식을 잃겠다며 아버지가 동희를 찾으러 돌아섰지만, 동석이를 업고 가는 어머니와 그 뒤를 바짝 따라가던 저는 걸음을 멈출 수가 없었어요. 수백 수천의 사람들이 우리를 자꾸만 앞으로 떠밀었잖아요.

"다리 건너서 보세!"

아버지의 목소리가 저 뒤에서 들렸어요. 얼마큼 갔을까요. 그때 갑자기 세상이 모조리 꺼질 것처럼 하늘과 땅이 울렸어요. 뒤돌아본 우리는 순간 아무 말도 하지 못했어요. 한강 다리가 무너지며 그 위를 뒤덮은 사람들의 행렬도 함께 눈앞에서 사라져 버렸죠.

어머니는 아버지와 동희가 꼭 살아 있을 거라고 하셨어요. 고향으로 돌아갈 수 없다면 대구로 가야 한다고, 아버지가 동희와 함께 그곳으로 올 거라고 하셨죠. 저는 적당한 곳에서 머물다가 고향으로 돌아가면 좋겠다고 생각했어요. 결국 어머니 고집을 꺾을 수는 없었지만요. 남으로 내려가면 갈수록 사람들이 점점 많아졌어요. 아무리 비쩍 마른 녀석이라지만 여덟 살짜리를 업고 한여름 뙤약볕 아래를 걷는 어머니는 점점 느려졌지요. 동석이는 팔과 다리가 뒤틀린 채 말 한마디 할 수 없는 몹쓸 병에 걸렸지만 눈치는 훤해서 어머니 등에 죽은 듯이 납작하게 업혀 있었어요. 그래서 동석이 배와 허벅지, 어머니의 등에는 빨간 땀띠가 가라앉질 않았어요. 그때 저는 어머니 대신 동석이를 업을 생각을 왜 하지 못했을까요.

대구에 도착하니 각지에서 사람들이 많이도 모여들었더라고요. 부산에 있다는 도떼기시장[28]도 이보다 붐빌까 싶었어요. 어머니는 아버지의 친척 집 주소는커녕 이름 석 자도 모르셨잖아요. 며칠을 찾아 헤맸지만, 아버지와 동희를 보았다는 사람도 찾을 수가 없었어요. 저는 무슨 일이라도 해야 했지만, 무엇을 해야 할지 알 수가 없었어요.

어머니, 정말로 게으름을 피운 건 아니었어요.

"너는 또 낮잠만 자는 게냐! 어서 가서 배식이라도 받아 오지 않고!"

어머니의 호령에 피란민촌 한가운데에 있는 가마솥으로 나가 보면 난장판이 벌어져 있곤 했어요. 하루에 한 번 나오는 배식을 목이 빠져라 기다리던 사람들은 서로 자기가 먼저라고 실랑이를 벌였죠.

"어휴, 정신 사나워서 안 되겠구먼. 밥이 되기도 전에 진을 치고 서 있으니. 이봐, 학생!"

사람들에게 밥을 퍼 주던 김 씨 아저씨가 저를 불렀어요.

---

28) **도떼기시장** 질서가 없고 시끌벅적한 비정상적 시장.

"뭘 그리 어리둥절하게 서 있어? 그려, 너 말이여, 너. 이리 좀 와 봐."

"네? 저요?"

"난리 통에 이래저래 답답하지? 괜히 어슬렁거리지 말고, 앞으로 배식 시간 전에 나와서 심부름 좀 혀라. 그러면 줄을 서지 않아도 배식을 먼저 챙겨 주마."

줄을 서지 않아도 된다는 말이 어찌나 반갑던지요. 그때부터 "개판 오 분 전!"하고 소리 지르는 일은 제 담당이 됐어요. 밥이 다 되어 가마솥 뚜껑 판때기가 열리기 오 분 전이라고 외치는 소리, 개판 오 분 전이라는 소리에는 특별한 힘이 있는 것 같아요. 어른이고 아이고 멍하니 앉아 있다가도 이 말만 들리면 다들 무슨 힘이 그리 나는지요.

"개판 오 분 전, 개파안 오 분 저언!"

"아따, 녀석. 목청 하나 쓸 만하구먼. 저기 시가지 사는 사람들꺼정 배식을 받으러 올 판이여."

김 씨 아저씨는 피란길에 한쪽 다리를 잃었다는데 어찌나 부지런한지요. 제가 나뭇가지랑 탈 만한 잡동사니들을 주워다가 불 속으로 밀어 넣으면, 가마솥에는 어느새 연기가 모락모락 올랐어요. 밥인지 죽인지 모를 음식이지만, 냄새를 맡고 있으면 금세라도 목구멍에서 손이 나올 것 같았어요. 아저씨가 눈짓을 하면 저는 큰 목소리로 "개판 오 분 전!"이라고 크게 외쳐요. 김 씨 아저씨는 사람들에게 배식하기 전에 건더기를 두둑이 얹어서 제게 먼저 한 바가지 건네줘요. 배식 심부름을 하는 건 그 이유 때문이었어요.

어머니는 대구에 내려온 후로 하루도 쉬지 않고 계속 일을 하셨죠. 피란길에 만난 사람들과 머리에 짐을 이고 물건을 팔러 다니기도 하시고, 시가지로 잡일을 가기도 하시면서요. 그래서 동석이는 제가 돌봐야 했어요. 고향 집에서 어머니가 동석이를 씻기고 뭐든 챙겨 먹이고 하셨을 때는 동석이 얼굴에 화색이 돌고, 웅웅거리며 말 시늉도 하곤 했는데요. 시간이 갈수록 동석이는 점점 화석처럼 굳어 가고 있었어요. 어머니, 저는요. 마음이 굳어 가고 있었어요. 무엇을 해야 좋을지 사방을 둘러봐도 마음 붙일 만한 것은 아무것도 없었어요. 그렇게나 가기 싫던 학교에 가고 싶을 정도였다니까요. 곰곰이 생각해도 답이 떠오르지 않았어요. 움막 밖으로 나가도 뾰족한 수는 없었지만, 움막 안에서만 지내는 것도 너무 답답하고 괴로운 일이었어요. 저는 종종 어머니 몰래 피란민촌을 빠져나가, 시가지 골목골목을 헤매곤 했지요.

"동석아, 형아 금방 갔다 올 테니까, 꼼짝하지 말고 여기 가만히 있어. 알았지?"

알아들었는지 어떤지, 동석이는 흐릿한 눈으로 저를 올려다봤어요. 동석이가 좀 웅크리고 있는 것 같기에 이불을 잘 덮어 주고 움막을 나섰답니다.

저는 그날 시가지에서 대구 아이들을 보았어요. 그 아이들 집은 원래부터 이곳이었으니, 우리 피란민들과는 처지가 완전히 다르더라고요. 똑같은 전쟁을 겪고 있었는데 왜 우리는 달랐을까요?

제 앞으로 교복 입은 남자아이들 셋이 지나갔어요. 방학인데 교복을 잘 차려입었더라고요. 그중 가장 키가 큰 아이가 특히 옷맵시가 좋았어요. 하얀 옷깃은 단추로 단정하게 여미고, 챙이 짧은 교모를 약간 삐뚜름하게 쓴 것이 무척 당당해 보였어요. 넋을 놓고 바라보고 있는데 그들의 이야기 소리가 들렸어요.

"너그들 그거 어찌할끼고?"

"뭐를?"

"학도병[29] 지원 말이다."

"어데? 우리 집 모르나? 그거 한다 하마 전쟁 나가 뒈지기 전에 고마 아부지한테 먼저 맞아 뒈질끼다."

그때 키가 제일 큰 그 아이가 말했어요.

"선상님 말씀 못 들었나. 인민군은 우리보다 어린 얼라들부터 설친다 안 카드나. 내는 지원할끼다."

나머지 두 녀석은 토끼 눈을 뜨고 합창을 하더라고요.

"니, 그거 참말이가!"

"사나[30]로 태어났으면 무서울 기 뭐고. 나라를 위해 총을 든다 하이, 이보다 멋진 게 있겠나. 유엔군이 신무기 엄청나게 쓴다고 안 하나. 마, 이거 금방 끝날끼다. 교련하는 거 맹키로만 하믄 안 되겠나."

그 아이들은 저를 힐끗 쳐다보고는 빠른 걸음으로 멀어졌어요. 이 생각 저 생각하며 돌아다니다가 다시 움막으로 돌아오니 사람들 몇몇이 모여 있었어요. 영문을 몰라 두리번거리는데 어머니가 나오시더니 제 등짝을 후려치셨지요.

"이 녀석아, 동생이 죽을 뻔한 것도 모르고 어디를 쏘다니다가 이제야 기어들어 오는 거냐. 네가 그러고도 장남이여?

---

29) **학도병** 학생 신분으로 군대에 들어간 병사나 군대.
30) **사나** '사나이'의 경상도 방언.

동생 하나 제대로 살피지도 못하는 놈이!"

"제가 애보개[31]예요? 아무것도 하는 일 없이 움막에 갇혀 있기는 갑갑하다고요!"

제가 왜 그렇게 악을 썼는지 지금도 알 수가 없어요. 어머니가 '아무짝에도 쓸모없는 놈'이라며 몇 대를 더 때리셨지만 아픈지도 모르겠더라고요. 제 고함 소리가 제 뒤통수를 세게 때렸거든요. 그날 동석이는 온몸이 불덩이처럼 열이 났다고 했어요. 그런 아이에게 저는 이불까지 덮어 주고 나온 거였죠.

다음 날 김 씨 아저씨는 조용히 말을 건넸어요.

"너 군인 될 생각 없냐? 지금 학도병을 모집한다고 군대에서 사람이 나와 있다는구먼."

"학도병이요?"

"그랴. 여기 피란민촌에서도 지원자가 좀 나서 줘야 면이 서지 않겠냐. 하루에 한 번이라도 이렇게 공밥 먹여 주는 나라와 대구에 말이여. 너는 키가 크고 허우대도 멀쩡하니께

---

31) **애보개** 아이를 돌보는 일을 맡아 하는 사람.

틀림없이 받아 줄겨."

저는 어제 시가지에서 본 그 아이들이 떠올랐어요.

"언제까지 이러고 있을 수 있겄냐. 어린 나이에 자원해서 군대에 다녀왔다고 하면, 평생 그 공로를 국가가 알아주지 않겄어. 전쟁 끝나면 자랑스러운 훈장이라도 하나씩 내줄지 모르지."

갑자기 눈이 번쩍 뜨이는 것 같았지요.

"어머니와 동생은 걱정하지 말어. 네 몫까지 배급이 나오니 양도 넉넉할 것이고. 공무소에다가 아버지 찾는 일도 말해 볼 테니께."

"아니, 김 씨. 지금 무슨 얘기하는 거예요, 어린애를 붙잡고!"

언제 오셨는지 어머니는 얼굴이 새빨개진 채로 김 씨 아저씨한테 삿대질을 하며 소리쳤어요.

"아니 아주매. 그렇게 성낼 거 뭐 있디야. 내가 틀린 말한 것도 아니구먼."

"그렇게 좋은 일 같으면 김 씨나 군인 가요. 나는 내 새끼들이랑 살아도 같이 살고 죽어도 같이 죽을 거란 말이요! 다시는 동수한테 쓸데없는 소리 말라고요!"

어머니가 내 손목을 잡아채 돌아서자 김 씨 아저씨는 한마디 더 보탰죠.

"자원자가 없으믄 잡아서라도 데려갈 거라는 소문이 있슈. 재 너머 마을에서는 아침마다 통곡 소리가 난답디다. 자원하믄 영광스럽기라도 하겠구먼."

그날 그렇게 돌아오는 바람에 우리 세 식구는 쫄쫄 굶었어요. 배는 고팠지만 어쩐지 정신은 더 또렷해지더라고요. 아무리 생각해도 지금 내가 할 수 있는 일 중에 가장 멋진 일은 군인이 되는 것이었어요. 시가지에서 만났던 그 아이도 한다는데, 저라고 못할 일은 아니라는 생각이 들었지요. 저는 슬그머니 움막을 나서서, 김 씨 아저씨를 찾아갔답니다. 아저씨는 날이 밝으면 시내 중학교로 가 보라고 했어요.

소집일이 다가왔지만 저는 어머니께 사실대로 말씀 드릴 수가 없었어요. 아예 말씀을 안 드리려던 것은 아닌데, 어머니와 눈이 마주치면 말이 되어 나오질 않았어요. 어떻게 솔직하게 털어놓을 수 있었겠어요. 가난과 구차함이 가득한 이곳에서 벗어나고 싶다고, 아픈 동생을 지키는 일 말고 할 수 있는 일을 찾아보고 싶다고, 나도 다른 아이들처럼 나라를 지키는 멋진 일을 하고 싶다고 말씀 드릴 수 있었을까요. 이

배에 앉아 있는 지금이 아니라면, 평생 어머니에게 말할 수 없었겠지요.

제가 일거리를 찾아보겠다며 집을 나설 때 어머니는 동석이 얼굴을 닦아 주고 계셨어요.

"오냐, 잘 생각했다. 아버지를 만나고 고향에 돌아갈 때까지 너도 무슨 일이든 찾아서 하는 게 좋겠어. 대신 너무 늦지 않게 돌아오너라."

네, 어머니. 너무 늦지 않게 꼭 돌아올게요. 나라를 지킨 군인이 되어 자랑스럽게 돌아오겠습니다. 그렇게 속으로 다짐하며 대구역으로 달려가니 제 또래의 많은 아이들이 모여 있었어요. 그런데 교모를 삐뚜름하니 썼던 그 잘난 녀석은 모습이 보이지 않았어요.

문산호에 오르기 전 보름 동안 군사 훈련을 받기는 했는데, 사실 총 한 번 제대로 잡아 보지 못했어요. 저는 재주가 좋아서 이곳에서도 인기 만점입니다. 문득 누군가가 무섭다고, 집에 가고 싶다고 이야기할라치면, 저는 목청 높여서 노래를 불러요. 밥 먹는 시간에는 "개판 오오부운저언."하면서 전우들을 웃기곤 하지요. 저는 상관 눈에 들어서 폭약을 맡

앉았어요. 이렇게 번듯한 일을 맡는 아이들은 별로 없답니다.

이번 작전은 딱 삼 일짜리예요. 장사리에 상륙해서 삼 일을 버티고 다시 배로 돌아오는 거랍니다. 장사리에서 벌어지는 전투는 아주 중요해서 학도병들이 꼭 가야 한대요. 저는 상륙하면 인민군이 다니는 길목에 폭약을 설치해야 해요. 삼 일 동안 먹을 건빵이랑 미숫가루도 주머니에 잘 넣어 두었어요.

장사리 앞바다는 제가 머릿속으로 그려 보던 바다와는 사뭇 다릅니다. 그날 그 한강과는 비교도 못 할 정도고요. 바닷물은 참 검푸르고 파도도 높아요. 풍랑을 만난 거라는데, 이렇게 큰 배가 좌초되어 오도 가도 못할 지경이 될 줄은 아무도 예상하지 못한 것 같아요.

배의 문을 향해 주르르 앉아 있는 전우들은 다들 표정이 복잡해요. 맨날 집에 가고 싶다고 울던 꼬맹이 녀석도 오늘은 꿀이라도 먹은 것처럼 입을 꾹 다물고 있어요. 저처럼 어머니 생각을 하고 있는지도 모르겠어요.

어머니, 전쟁은 왜 하는 것일까요? 어쩌다 우리는 적에게 적이 되었을까요? 적을 만나면 재빠르게 총을 겨누고 방아쇠를 당기라고 훈련을 받았지만, 아직도 실감이 나지 않아요. 총을 쏘아 사람을 맞춘다는 것이 어떤 일인지 말이에요. 이 순간, 학교 갔다 돌아오면 어머니가 건네주시던 시원한 물 한 바가지를 벌컥벌컥 들이켜고 싶습니다.

아, 어머니. 이제 정말 시작인가 봐요. 다들 일어나서 준비하라고 합니다. 작전 개시 오 분 전, 드디어 실전의 판이 열립니다. 이것이야말로 진짜 개판 오 분 전인가 봅니다.

한국 전쟁 역사동화집

두루미 구출 작전

초판 1쇄 발행일 2020년 10월 31일

지은이	이희분 정다운 이정란 정민영 박경희 이소향 양태은 정주아
발행인	박인애
편 집	정다운 · 박인애 · 장경선 · 최민경
디자인	여현미

발행처	구름바다
등록일	2017년 10월 31일
등록번호	제406-2017-000145호
주 소	파주시 노을빛로 109-1 301호
전 화	031-8070-5450, 010-4301-0736
팩스	031-5171-3229
전자우편	freeinae@icloud.com
인쇄	(주)공간코퍼레이션

© 이희분 정다운 이정란 정민영 박경희 이소향 양태은 정주아

ISBN 979-11-962493-8-0 (03810)
값 12,000원

「이 도서의 국립중앙도서관 출판예정도서목록(CIP)은 서지정보유통지원시스템
홈페이지(http://seoji.nl.go.kr)와 국가자료공동목록시스템(http://www.nl.go.
kr/kolisnet)에서 이용하실 수 있습니다. (CIP제어번호: CIP2020044325)」